노래하는
참깨들

마음을 따뜻하게 하는 양식 1

노래하는 참깨들

초판 1쇄 발행 2020년 3월 1일
2쇄 발행 2020년 10월 19일

지은이 청림
펴낸이 장길수
펴낸곳 지식과감성#
출판등록 제2012-000081호

디자인 김주애
편집 박예은, 이현, 윤혜성
교정 김연화
마케팅 고은빛

주소 서울시 금천구 벚꽃로 298 대륭포스트타워 6차 1212호
전화 070-4651-3730~4
팩스 070-4325-7006
이메일 ksbookup@naver.com
홈페이지 www.knsbookup.com

ISBN 979-11-6552-030-4(03810)
값 12,800원

ⓒ 청림 2020 Printed in Korea

잘못된 책은 구입하신 곳에서 바꾸어 드립니다.
이 책의 전부 또는 일부 내용을 재사용하려면 사전에 저작권자와 펴낸곳의 동의를 받아야 합니다.

이 도서의 국립중앙도서관 출판예정도서목록(CIP)은 서지정보유통지원시스템
홈페이지(http://seoji.nl.go.kr)와 국가자료공동목록시스템(http://www.nl.go.kr/kolisnet)에서
이용하실 수 있습니다. (CIP제어번호 : CIP2020007348)

홈페이지 바로가기

마음을 따뜻하게 하는 양식 1

노래하는 참깨들
Singing Sesames

청 림

목차

노래하는 참깨들

· 작가 프로필 *8*
· 서문 *10*
· 노래하는 참깨들 *15*

Singing Sesames

· Writer's Profile *98*
· Introduction *100*
· Singing sesames *107*

번역가 소감문 *191*

표지 그린 이 소감문 *193*

추천의 글 *195*

마음을 따뜻하게 하는 양식 1

노래하는 참깨들

작가 프로필

청 림 / 淸林 / Chung Lim

자연을 벗 삼아 명상을 하고,
조그마한 텃밭을 일구며 살아가다
아이들의 정서 함양을 돕기 위해서
참깨를 소재로 펜을 들었다.

서문

  환한 얼굴, 눈망울이 투명하고 큰 아이들의 해맑은 미소가 사라진 지 오래되었습니다. 가가호호 어린아이들의 웃음소리가 들려오던 목가적인 경치도 사라진 지 오래되었습니다.

  어른들은 삶에 지쳐 가고, 거친 세파에 시달려서 감성이 삭막해져 버렸습니다. 아이들은 아주 어린 나이부터 치열한 경쟁으로 내몰리고, 해마다 지능이 높아져 왔으나 높아진 지능보다 저만치 더 먼저, 선행 학습이라는 굴레에 덧씌워지게 되었습니다. 지나친 경쟁과 삭막해진 정서는 삶의 고난 속에서 자신의 생애에 대한 의미가 퇴색되게 하였고, 이 때문에 우리나라는 살기 힘든 나라가 되었습니다.

  이러한 현실 속에서 잠시, 옛날 할머니의 사랑방에서 구수한 이야기를 들었던 심정으로 돌아가 보시기를, 그래서 문득 자신도 모르게 어느새 잊고 살았던 삶의 가치를 다시 한번 생각해 볼 수 있기를 바라는 마음에서 이 글을 지었습니다.

  우리나라는 1950년의 전쟁의 폐허로부터 끝없는 고난을 이겨 내고, 오늘날의 기적 같은 삶을 일구어 냈습니다. 물론 국제 사회의 도움도 많았지만, 우리 자신의 생을 통해서도 이루 말할 수 없는 인내로 점철된 시간을 이겨 내면서, 지금의 삶을 일구어 낸 것입니다.

영국이 100여 년 동안 일구어 온 도시화를 단 40년 만에 이루었다는 찬사가 있습니다. 이렇게 급속도로 성장하다 보니, 우리들의 지나온 삶의 상처는 아직 잘 아물지 않은 채 내면에 잠들어 있고, 긴 그림자를 드리우고 있습니다. 이러한 내면의 정리를 하고 나면 좀 더 활기차고 밝은 삶을 향해 나아갈 수 있을 것 같아서, 우리들의 인생 선배이신 전후 세대 분들의 노고를 기리는 마음으로, 또 잊혀 가는 동심을 다시 북돋우고 싶은 마음으로 이 글을 써 내려 갔습니다.

오늘날 우리가 누리고 있는 물질적 풍요를 있게 하신, 노고와 고초를 이겨 내 주신 모든 유명, 무명의 영웅분들께 이 글을 바칩니다.

이 글이 출간되는 데 도움을 주신 많은 분들께 감사드립니다.

2019년 9월 1일 청림

"인간이 식물과 교감할 수 있다는 것, 그리고 그렇게 하고 있다는 것은 분명한 사실입니다. 식물은 우주에 뿌리를 둔, 감정이 있는 생명체입니다. 그들은 인간에게 유익한 에너지를 방출하고 있습니다."

"모든 생명체를 둘러싸고 있는 생명력인 우주 에너지는 식물과 동물, 인간 모두가 공유하는 것입니다."

1971년 미국 과학자 보겔

기운이 부족해지면 숲속으로 들어가 양팔을 활짝 벌린 채 소나무에 등을 기대어 그 식물의 힘을 받아들인다.

미국의 인디언

식물들은 혼자 내버려 두는 것보다 주인과 함께 있는 것을 더 좋아한다. 사람들의 왕래가 잦은 통로에 사는 식물이 싱싱한 것은 식물이 지나다니는 사람들로부터 칭찬받기를 좋아한다는 확실한 증거이다.

캐나다. 생리적 심리학 연구자 얀 메르타

식물에게도 정신이 있고, 고도로 성장된 식물의 정신은 자신의 몸을 벗어나 빛으로 된 몸, 또는 에너지를 가지고 자유로이 공간을 가로질러 다닐 수 있다. 이런 존재를 요정이라 한다.

한국 정신계의 격언 중

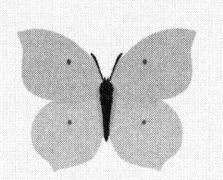

노래하는 참깨들

아름다운 산, 무수히 많은 봉우리가 있다. 높고 낮은 봉우리들은 크고 작은 골짜기와 계곡을 이루고 있었다.

이 골짜기도 여느 골짜기와 마찬가지로 새들이 살고 있고, 온갖 들짐승과 곤충들이 날아다녔다. 봄이면 야생화가 아름답게 피어나고, 그 꽃들을 쫓아서 나비가 날아다녔다. 노랑나비, 흰나비, 호랑나비, 그리고 제비나비들이 날아다녔다. 흰나비는 특유의 몸짓으로 예술가 같은 아름다운 선을 그리며 꽃과 풀들을 날아서 한 편의 작품을 공연하곤 하였다. 호랑나비는 덩달아서 웅장함을 표현하였고, 제비나비는 우아하고 세련된 모습을 더해 주었다.

이 이야기는 이런 아름다운 계곡에서 시작된다. 계곡은 좌우로 높지 않은 산이 둘러쳐 있는 곳이다. 가운데는 다랑이 밭이 층층이 있고, 다랑이 밭을 왼쪽으로 돌아 흐르는 깊은 계곡이 있다. 이 계곡은 농사철이면 모두가 풍족하게 쓸 수 있는 물을 언제나 공급해 주었다. 주변의 산들이 비를 받아서 천천히 내어놓기 때문에 물은 늘 풍족하였다.

사람이 사는 마을은 이곳으로부터 오른쪽으로 돌아나가야 있다. 이 계곡의 다랑이 밭은 시골 마을보다 높은 곳에 위치해 있다. 하지만 양쪽의 산들이 바람을 막아 주고 있었고, 남쪽으로 나 있는 밭들의 경사에 의해서 모든 밭들이 충분한 햇빛을 1년 내내 받을 수 있었다.

전설은 이곳에서 시작되었다. 가는 곳마다 아름다운 추억과 사랑을 만들어 낼 전설이 바로 이곳에서 시작되었다.

어느 이른 봄날이었다. 아직 사면의 땅은 겨우내 꽁꽁 얼어붙어 있어서 다 녹지 않았다. 추운 날씨로 사람들의 왕래는 없었다. 한낮에도 가끔씩 매서운 바람이 불어오면, 닭살 돋듯 겨우내 말라 버린 풀들의 잔뿌리와 아래 둥치가 흔들렸다.

문득, 어느 순간 정적이 흘렀다. 너무나 고요한 정적이었다. 새들은 지저귀다 고개를 들었고 벌레들은 일순간 울음을 멈추었으며, 바스락거리는 소리도 멈추었다. 정적은 더 깊어졌다. 숨을 죽인 것 같은 나무숲, 갑자기 찾아든 고요에 바람마저 멈추었다. 너무나 깊은 고요는 외롭고 쓸쓸하기 마련이다. 그러나 이번 고요는 어딘가 달랐다. 신비감마저 감도는 고요는 점점 무게를 더해 갔다. 무거워진 고요에 길가의 돌멩이 하나까지 깨어날 참이었다.

이 순간, 하늘 저 높은 곳에서 특별하고 포근한 바람이 불어 왔다. 무어라 말로 표현할 수 없는 특별한 숨결이 느껴졌다. 모든 숲의 존재들은 일제히 하늘을 향했다. 하늘에서 한 목소리가 울려 퍼졌다.

"나에게 특별한 계획이 있다. 나에게 아주 특별한 계획이 있다. 숲에 있는 모든 존재들은 깊이 숙고하며 들어 보아라. 나는 이제 결심하였다. 나의 아들, 딸들에게 각별한 나의 사랑을 표현하려고 하는데……." 계속해서 목소리가 이어졌다.
"이 일에 동참하고자 하는 존재들은 깊이 숙고해서 함께하길 바란다. 이 일은 어느 한 밭이 담당하고, 그 복은 모두가 받을 것이다. 나의 말을 깊이 숙고하기 바란다."

한없이 깊고, 위로가 담긴 부드러운 바람이 한 번 온 계곡을 불어 주고, 이 깊은 고요는 하늘 높은 곳으로 흡수되듯 사라졌다. 잠잠했던 바람이 서서히 불고, 점차 본래의 매서운 추위가 찾아왔다. 이 순간 고요했던 정적은 깨어지고, 온 숲은 요란하였다. 새들은 새들끼리 재잘거리며 무슨 일일까 논의를 시작하였다. 숲을 이리저리 뛰어다니는 고라니는 이 소식을 넓은 숲으로 전하기 바빴다. 특유의 장난스러움을 가진 땅들은 웃고 뛰면서 서로 이야기하기에 바빴다.

"무슨 일일까? 우리가 해낼 수 있는 일일까?" 이리저리 궁리하며 서로 자신의 의견을 내놓았다.

"무언가 특별한 일일 거야. 우리는 늘 사람들의 필요에 따라서 이리저리 사용되어 왔는데, 정말 이렇게 중요한 일을 할 수 있을까?"

"나는 안 돼!" 도중에 포기하는 밭도 있었다.

"왜?" 바로 옆의 밭이 물었다.

"나는 이미 황폐해져서 쓸모없는 밭이 되었어."

"나도 안 돼, 나는 너무 한쪽에 치우쳐 있어서 올여름 큰비가 오면 내 반은 언덕 아래 계곡으로 쓸려 내려가고 말 거야!"

여기저기서 자신의 신세를 한탄하는 밭들, 볼멘소리를 하는 밭들, 그리고 여러 가지 궁리를 하는 밭들로 온통 소란함이 일었다.

매서운 바람 소리마저 안중에도 없는 듯 밭들과 나무와 돌, 숲들의 논의는 계속되었다. 그러는 가운데 하나둘 포기하는 밭들이 늘어 갔다. '나는 돌멩이가 너무 많아', '나는 비닐이 너무 많아서 그 아름다운 일에 쓰일 수 없을 거야', '나는 주인이 너무 게을러서 안 돼' 등, 이런저런 논의가 거의 막바지에 이르렀다.

 어느 밭도, 어느 나무나 돌멩이도 희망이 있다는 결론은 내리지 않았다. 그렇지만 이런 기회는 정말로 흔히 있지 않아서 다들 아쉬워하고 있었다.

그렇게 몇 주의 시간이 흘러가고 숲과 계곡과 밭의 존재들이 지쳐 갈 즈음이었다. 한 밭이 내가 하겠다고 목청 높여 외쳤다.
"내가 해 보겠습니다." 일순간, 숲의 모든 구성원들이 고개를 돌려서 그 밭을 보았다. 주변은 크고 작은 돌로 둘러져 있고, 이랑은 잘 다듬어지지 않아서 중간중간에 주먹보다 큰 돌들이 있었다. 정말 볼품없는 밭이었다. 설상가상으로 밭 가운데는 큰 바위도 군데군데 있었다. 일제히 입을 열었다.
"뭐라고, 네가 해 볼 거라고?"
"너의 모습을 봐."
"너의 밭 모양은 삐뚤삐뚤해. 돌도 많은데 어떻게 해?" 옆의 밭이 거들었다.
"심지어 너의 주인은 나이가 많아."
"자녀가 잘 돌아보지 않아서 상처 입은 가슴을 안고 사는 할머니야."
"그가 어떻게 그런 큰일을 할 수 있겠어?" 걱정 어린 목소리로 모두 한마디씩 거들었다. 이에 굴하지 않는 못생긴 밭은 단호한 결심으로, 굳은 의지를 담아서 말했다.
"내가 해낼 겁니다. 어떠한 어려움이 있어도 하고야 말 겁니다." 목소리가 어찌나 크던지, 모여 앉아 회의 중이던 고라니들이 놀라서 고개를 돌려 가운데에 있는 밭을 바라보았다.

땅들과 계곡이 놀라서 은은하게 진동을 하고 있었다. 그 밭을 돌아보는 숲의 모든 돌과 짐승과 나무들이 걱정하면서 수군거렸다. 삼 일 밤낮을 숙고하기 시작했다. 그러다가 숲의 모든 가족들은 그 밭의 숭고한 마음에서 나온 뜻을 이해하게 되었다. 그것은 다름 아닌, 지고지순한 인내를 사랑으로 실천하겠다는 결연한 의지였다. 이것을 이해한 모든 땅들이 삼 일 밤낮을 진동하였다. 위로와 희망을 담은 마음으로 진동하였다. 얼핏 중간중간에 자신의 용기 없음을 돌아보고, 모든 숲이 복을 누릴 실마리를 준 주인공에게 감사한 마음을 담았다. 땅의 진동은 이내 휘파람 소리 같은 바람으로 계곡을 흘러 다녔다.

이 바람에 장단이라도 맞추듯 숲속의 크고 작은 나무들이 일제히 노래를 불렀다.

"하늘에는 무한한 인자하심을 가지신 이에게 영광을, 땅에는 지고지순한 마음의 발현으로 사랑과 희망을 품은 밭에게 축복을."

이 노래는 메아리처럼 계곡을 흘러 다녔다. 아침이면 풀잎에 깨어난 이슬이 노래했고, 낮에는 말라 버린 억새풀이 화음을 맞추었다. 이 노래가 울리는 계곡은 희망과 환희로 몇 주간 기쁨에 젖어 있었다.

"우리에게 그 어떤 일이 주어져도 우리는 반드시 해낼 거야."

"이 기쁨과 소망을 사람들에게 전할 거야."

"우리는 숲들의 모범이 될 거야."

"전설이 될 거야."

"우리는 오늘의 우리 선택을 오랜 시간 기쁨으로 소중하게 간직할 거야." 한바탕 긴 흥분이 숲과 계곡을 휩쓸고 지나갔다. 그리고 모든 이들이 결연한 준비를 마쳤을 때였다.

다시 알 수 없는 정적이 계곡에 찾아왔다. 그리고 한없이 자애로운 목소리가 들려왔다.

"그래, 결정을 하였느냐?" 온 땅이 기쁨으로 화답하였다.

"예, 저희들은 기쁜 마음으로 결정하였습니다."

"그래, 그랬구나. 그럼 누가 그 일을 하겠다고 하였느냐?" 이 말이 떨어지자, 수줍은 듯 못생긴 밭이 고요한 목소리로 자신 없이 대답하였다.

"접니다. 부족하지만 제가 노력해 보겠습니다." 그러자, 희망과 사랑을 담은 목소리가 들려왔다.

"착하고, 착하구나. 너의 부드러운 목소리는 하늘의 천둥소리보다도 크게 들리는구나! 그래, 너는 반드시 해낼 수 있을 것이다. 용기를 잃지 말고 꼭 해내어라. 너희들 모두 좋은 뜻을 내어 주어서 정말 고맙다. 내가 따뜻한 봄바람으로 너희를 녹일 때 시작을 알리는 나팔 소리라 여기고 시작하면 된다. 추수할 때 너희들의 기쁨이 충만하고, 복이 넘칠 것이다. 사랑한다." 이 말을 끝으로 봄바람보다 더 따뜻하고 깊은 감동의 여운을 남기고, 목소리는 하늘로 사라져 갔다.

일순간, 모든 계곡의 존재들은 하늘로부터 부어진 복된 바람에 몸을 맡기고 있었다. 추운 겨울 불 앞에 웅크리고 앉은 강아지처럼 따뜻하고 복된 바람 속에 녹아 있는 축복을 온몸으로 느끼며 깊은 감상에 젖어 있었다.

깊은 축복에서 깨어난 존재들이 하나둘씩 입을 열었다.
"자, 다 같이 잘해 봅시다."
"나도 힘껏 돕겠습니다."
"나도, 나도." 여기저기서 외치는 소리가 들려왔다. 이 소리를 들은 못생긴 밭은 수줍음에 볼이 붉어진 아이처럼, 수줍어하며 감사함을 모두에게 전했다.
"감사합니다, 정말 노력하겠습니다." 일제히 대답했다.
"그래, 그래."
"너는 잘할 수 있을 거야."
"우리는 잘 알지, 너의 아름다운 마음을."
"힘든 주인을 위해서 거친 풀들은 되도록 밭가에 나도록 하고, 부드러운 풀들을 밭 안쪽에 나도록 하였지."
"어쩌다 먼 곳에서 큰 풀씨가 날아와서 너무 커 버린 풀을 주인이 베어 내기 어려워할 때, 네가 정말 속상해하며 안타까워한 것을 우리는 알고 있어."

"넌 잘할 수 있을 거야." 바로 옆의 잘생긴 밭이 말하였다. 길가의 밭도 거들었다.

"그래, 맞아. 너의 순수한 사랑이라면, 너의 땅에서 자라는 곡식을 사람들이 먹었을 때 마음이 따뜻해지고, 행복해질 거야."

"네가 만들어 낸 곡식은 세상에서 가장 아름다운 일에 쓰일 거야."

"너는 충분히 그럴 만한 자격이 있어."

못생긴 밭은 말했다. "모두 감사합니다." 그리고 생각에 잠겼다.

오랜 시간 잠들어 있어서 자신을 바라보고 있는 밭이 하나도 없고 못난 자신을 싫어할 줄 알았는데, 자신의 행동을 곁눈질하며 보고 있었던 모양이다. 서로 위로하고, 의지를 다지는 동안 추운 겨울의 어둡고 매서운 공간은 소망과 희망으로 뜨거워졌다. 소풍 가는 아이들처럼 신이 나 있었다.

계절은 늘 돌아오는 법! 시작을 알리는 봄의 따뜻한 바람이 불어왔다. 여느 해보다 일찍 땅들이 녹았다. 사람들은 지구 온난화로 인한 기상 이변이라 생각했다. 그러나 숲과 계곡은 올해의 특별한 일을 위해서 날씨가 좀 더 일찍 따뜻해진 것이라는 사실을 알고 있었다.

그들은 며칠 일찍 찾아온 따뜻한 바람과 햇살이, 너무 늦게 와서 미안하다며 계곡을 따뜻하게 데웠다는 것을 사람들에게 말해 주고 싶었다. 그러나 사람들은 자신들의 목소리를 듣지 못한다는 사실을 이내 생각해 내고는 일제히 노래하기 시작했다.
"이것은 이상한 일이 아니에요."
"나쁜 일도 아니고요."
"이것은 기상 이변이 아닙니다."
"하늘의 은총이요, 사람을 사랑하시는 이의 선물입니다."

"이 일로 기적이 일어날 것입니다."

"아주 특별한 일을 계획하신 분이 하신 말씀은 꼭 이루어집니다."

"기쁘게 빨리 찾아온 봄날을 맞이하세요."

온 숲이 노래하자 새들과 고라니도 추임새를 넣어 주었다.

언덕 아래 바삐 사는 사람들이 무언가 따뜻한 기운을 느끼며 일제히 고개를 들어 언덕 위에 있는 밭쪽을 바라보았다. 왠지 힘들기만 한 삶의 현장이 오늘따라 알 수 없는 포근함으로 느껴졌다.

마치 가을의 황금물결이 언덕 위에 이미 내려앉은 듯, 밭들이 밝게 빛나 보였다. 잠시 생각을 멈추고 밭 쪽을 바라보자, 알 수 없는 희열이 가슴에 찾아 들었다. 조금 전까지 나누던 심각한 이야기들이 잊혀지고, 왠지 기분 좋은 설렘만 남았다. 언덕 아래 마을 사람들은 좋아진 기분으로 고개를 돌려 자신들이 하던 일상의 일들로 되돌아갔다.

마을 사람들은 아직은 농사일을 시작하는 시기가 아니었다. 예년보다 빨리 날이 포근해진 것을 놓고 설왕설래하고 있었다. 조금 일찍 작물을 심어야 한다는 이야기를 하는 사람도 있었다. 또, 그렇지 않으니 예년과 같이 작물을 심어야 한다는 주장을 하는 사람도 있었다. 그중에는, 날씨가 빨리 풀리면 그만큼 빨리 심을 수 있는 작물도 있지 않겠는가 하는 의견을 말하는 사람도 있었다.

그런저런 대화를 나누는 사람들 중에 못생긴 밭의 주인도 함께하고 있었다. 별생각 없이 그저 묵묵히 듣고만 있었다. 못생긴 밭의 주인은 아직 농사에 대해서 생각할 겨를이 없었다. 이런저런 가족의 일로 심사가 괴롭기 때문에 마실을 나온 것뿐이었다. 그저 이웃집 사람들의 말을 묵묵히 들으면서 자신의 괴로운 심사를 삭이고 있었다. 으레 자녀를 키우는 부모라면, 늘 자녀로 인한 고통은 있게 마련이다. 못생긴 밭의 주인도 그렇게 생각했다. 마음속으로 자신이 부족한 면이 많음에도 자녀들을 다 키우고, 결혼시킨 것만으로도 감사하다고 생각하며 살아가는 중이었다. 이제는 나이가 들어 등 굽은 할머니가 되고 기력이 쇠해진 자신을 돌아보면서, 한숨 반 체념 반으로 나날을 살아가고 있었다.

오늘도 어느 자녀가 전화를 한 모양이다. 자녀의 전화들이 늘 그렇듯이 처음에는 안부 인사로 반갑다가 쉽게 하소연으로 바뀌었다. 그러다가 신세 한탄이 시작되면, 많이 배우지 못한 엄마를 탓했다. 엄마가 많이 배우지 못해서 돈이 없기에 자식들을 옳게 가르치지 못했고, 그래서 자신들이 어려운 삶을 산다는 골자로 늘 이어졌다. 그럴 때면 늙은 어머니는 맞장구를 쳐 주면서 듣곤 하였다.

"그렇지, 다 내가 많이 배우지 못하고, 못나서 그렇다. 어찌하겠니! 현실이 그런걸. 미안하다. 그래도 열심히 살그레이. 열심히 노력하면 언젠가 좋은 날도 안 오겠나!" 늙은 홀어머니는 늘 한결같이 말하였다. 오늘도 그녀의 딸 중 한 명이 전화를 해서 속이 말이 아니었다. 나이의 경륜으로 곰삭혀도 다 삭혀지지 않는 무엇이 있었다. 몇 해 전에도 자녀들과 전화로 대판 싸워서 힘든 적이 있었다. 벌써 기억이 가물가물하다. 한 5년 전인가 6년 전쯤일 것이다.

여러 자녀가 한날에 돌아가면서 전화를 해서 늙은 홀어머니는 가슴이 미어지는 듯하였다. 겨우겨우 전화를 끊고 몸져누웠다. 저녁 무렵 해 질 녘에 전화 온 자녀의 하소연 때문에 마음이 몹시도 아팠다. 그날 이후로 여러 날을 몸져누워 있었다.

　농가 주택은 늘 마당과 대문이 있게 마련이다. 늙은 홀어머니는 가난해서 멋진 집에 사는 것이 아니었다. 크고 넓은 광이 있는 것도 아니었지만, 늘 마당을 정갈하게 쓸어 놓고 사는 것이 습관이었다. 젊은 나이에 남편을 여의고 사는 과부라는 사실 때문에 사람들이 자신과 자녀들을 업신여길까 봐 이를 악물고 자신의 몸을 단련하듯 움직여서 들여 놓은 습관이자, 생명처럼 지켜 온 철칙이었다.

　그런 그가 며칠째 마당을 쓸지 않았다. 대문도 열린 채로 있었다. 며칠에 한 번씩 집 앞을 지나가는 사람들은 고개를 빼고 기웃거리다 지나갔다. '아니, 어디를 간 것인가? 늘 정갈하던 마당에 풀이 다 났네.' '안에는 아무 기척도 없고……. 밥 짓는 연기도 며칠째 보이지 않았다.' 사람들은 그녀의 행방을 의아해하면서 궁금해하였다.

늙은 홀어머니는 몸살이 나서, 사경을 헤매었다. 밥 먹는 것도 잊어버리고, 화장실 가는 것도 잊어버렸다. 오로지 자신에게 찾아온 고통을 어떻게 받아들일지에만 집중하고 있었다.

그러는 그녀의 몸은 신열로 몸이 펄펄 끓었다. 그 열 때문에 난방을 하지 않아도 견딜 수 있었다. 목이 메어서 물이 안 넘어가니 물을 기르러 가지 않아도 되었다. 가슴은 바위로 눌러 놓은 듯 먹먹하였다. 이때 그녀는 생각했다. '내가 만약 젊은 날에 글을 많이 배웠으면, 이럴 때 어떻게 해야 하는지 잘 알았을 텐데. 배움이 없어서 어쩔 수 없구나!' 깊은 탄식 속에서 그저 하늘만 바라보고 있었다. 따뜻한 낮에는 겨우 일어나서 화장실을 다녀왔다. '며칠 만인가?' 날짜도 요일도 부질없었다. '생각하면 무엇 하나, 아무 도움도 안 되는 것을.'

그녀는 그저 펄펄 끓는 자신의 몸을 돌아보았다. 찬바람이 몸속으로 들어오는 것이 오히려 시원하고 상쾌하게 느껴졌지만, 쇠약해진 몸이 이내 피곤함을 느꼈다. 얼른 방으로 들어가야 했다. 방 안에 들어온 그녀는 다시 이불을 돌돌 감싸고 누웠다. 다시 체온이 따뜻해져서 견딜 만하였다. 그러다 이내 잠이 들었다. 며칠 만에 필름이 끊기듯 잠이 들어 버렸다.

그날 밤은 유난히도 바람이 많이 불었다. 뒤뜰에 있는 대나무도 스산한 소리를 내고 흔들렸다. 겨우내 까치밥으로 남겨놓은 감나무의 감도 부는 바람에 모두 떨어졌다. 높은 나무에서 떨어진 감이 깨지는 소리에 그녀는 얼핏 의식이 돌아왔다.

온몸이 한기로 아리듯 아파 왔다. '차라리 깨어나지 않고 내일 아침에 일어났다면 좋았을 것을.' 그녀는 생각했다. 이빨이 흔들리는 고통 속에서 그녀는 생각했다. 어딘가 약이 있을 것인데, 며칠 밥을 못 먹어서 그냥 신경 쓰기 싫어졌다. 아니, 그저 포기하고 싶은 마음이라고 말하는 편이 더 정확할 것 같다.

그녀는 고통을 정면으로 받아들였다. 마치 시험장에 간 사람이라 생각하면서, 그 고통을 정면으로 받아들였다. 그녀에게는 시험이 세상에서 가장 무서운 것이었다. 자신의 실체가 적나라하게 드러나는 것이기에 세상에서 가장 무서웠다. '농사는 어찌 지을 수 있지만, 문자는 내 잘 모르겠다.' 그저 자신의 못난 모습이 백일하에 드러나는 것 같아서 무서웠다. 어쩌면 자신이 과부가 된 것도, 돈이 없는 것보다도, 글을 모른다는 것이 더 큰 결함으로 느껴지는 밤이었다.

못난 어미를 만난 자녀들이 시험장에 갔을 때, 이렇게 떨며 고통스러웠을까를 생각하면서, 온몸으로 그 고통을 받아들였다. 아비 없는 자식이라 놀림받았을 때 이렇게 뼈가 시리도록 추웠을까를 생각하면서 자신에게 주어진 고통을 받아들이고 있었다.

점점 거세진 바람에 뒤뜰에 세워 놓은 무언가가 넘어지는가 보다. 퍽하고 무언가 깨지는 소리도 들리고, 양은으로 만든 세숫대야가 바람에 날려서 굴러가는 소리도 들렸다. 그도 그럴 것이, 그녀의 집은 벽체가 두껍지 않아서 뒤뜰의 소리가 아주 잘 들렸다.

이제는 추위도 고통도 문제가 되지 않았다. 온몸이 떨리는 고통에 이빨을 물고 있을 수 없었다. 이빨 부딪히는 소리가 들릴 것만 같다. 그리고 얼마 후 그녀는 탈진하여서 의식을 잃었다. 까마득히 아래로 떨어져 내려가는 느낌을 느끼다가 의식을 잃은 것이다. 문득 고통 속에 의식이 돌아왔다가 사라지기를 몇 차례 반복하였다.

갑자기 정적이 찾아왔다. 바람이 갑자기 멈춘 탓도 있겠지만, 일순간 몸에 열이 나면서 잠시 통증이 사라진 것이다. 사면이 어둡고, 고요하였다. 그 순간이었다. '난 어른이다'라는 생각이 스쳐 지나갔다. 그리고 자신의 어머니가 생각났다. '나의 어머니라면 이 순간을 어떻게 넘기셨을까?' 생각을 해 보았지만 도통 짐작을 할 수가 없었다. 그리고 매일 정안수를 떠 놓고 빌던 어머니만 떠올랐다. 그때서야 알아차렸다. 나의 어머니는 진심으로 자신을 위해서 빌었다는 것을 그제야 안 것이다. 물론 이전에도 그 사실은 알고 있었다. 그러나 이렇게 절절하게 이해가 되고, 가슴으로 느껴진 것은 처음이었다.

늦었다. 많이 늦었다. 그녀의 머릿속은 갑자기 번득이는 생각으로 가득했다. 자신의 어머니가 하신 일과 자신이 못되게 굴었던 일이 일순간에 떠올랐다. '그래, 나도 엄마의 딸이었다. 나도 철없는 딸이었다. 나의 어머니도 언젠간 딸이었을 텐데, 그렇게도 힘들고 모진 세월을 어떻게 살았을까!' 이런 생각을 하니 문득 가슴에 힘이 들어찼다. 맞다, 나에게도 어머니가 있었다. 그리고 이제는 내가 그들의 어머니다. 이제라도 알아서 다행이다. 모두를 용서하자!'

나의 어머니를 따라 나의 부족함을 인정하고, 그저 마음속으로 자녀가 잘되기만을 염원하자, 저들이 얼마나 삶이 힘들었으면 어미인 나에게 이렇게 모진 말을 하는 것인가! 이런 생각을 하니 마치 깨달은 자처럼 마음속이 시원하고, 머리가 맑아졌다. 그러고는 이내 깊은 잠에 빠졌다.

다음 날이 되었다. 홀어머니는 아침 햇살 속에서 마당을 쓸고 풀을 뽑으며, 이리저리 청소를 하고 있었다. 지나가는 마을 사람들이 안부를 묻는다.

"아니, 어디 갔었어?"

"무슨 일이 생긴 줄 알고 걱정했구먼!" 하면서 인사한다.

"예, 자녀들이 불러서 갔었습니다. 아이들이 좋은 곳 많이 보여 주고, 맛있는 것 많이 사 주는 바람에 이렇게 늦게 왔네요." 그녀는 이렇게 대답했다. 그리고 자신도 놀랐다. '평소에는 앞에서 뒤에서 자신의 험담을 늘어놓던 사람이 웬일로 아침 일찍 지나가다 안부를 다 묻은 것일까?' 그리고 선한 거짓말로 응수하는 자신을 바라보며 사뭇 대견함마저 느껴졌다. 이전에는 서글픔을 감추며 말했거나, 자녀를 나무라면서 말했을 것이다. 그러나 지금은 아주 흔쾌히 이렇게 말하고 있지 않는가!

그녀는 어제 저녁까지 아팠다는 사실도 잊은 채 기쁜 마음에 젖어 있었다. '이제야 내가, 내 자신과 싸우지 않고 자녀들과도 싸우지 않는 진정한 어른이 된 모양이다.' 그녀는 그렇게 생각하였다. 그리고 오랫동안 자녀들의 하소연을 아무렇지 않은 듯 받아 주었던 것이다.

그러나 오늘은, 방금 전 받은 자녀의 하소연이 삭지 않는 것이다. 그래서 그 고통을 삭이고 있는 중이다. 그녀는 생각에 잠겼다. '5~6년 전에 내가 사람이 된 줄 알았는데 아직도 멀었나 보다.' 이런 생각에 잠기면서 마을 사람들의 이야기를 그저 묵묵히 듣고 있는 중이었다.

아무리 찾아도 아픈 가슴을 삭일 수 없어서 지난 시간 동안 자신이 무언가 성장한 것 아닌가, 생각하던 것이 부질없다는 것을 느끼던 차였다. 조금 전 힐끗 올려다본 밭들이 오늘따라 유난히 밝아 보인다는 생각은 들었지만, 시끄러운 속 때문에 큰 느낌이 없었다.

묵묵히 사람들과 함께 이야기를 나누며 시간을 보내고 있었다. 자신의 부족함을 체념으로 받아들이고 있을 즈음, 등 뒤에서 시원한 바람이 불어오는 것이 느껴졌다. 일하다 말고 허리를 펴고, 고개를 돌려서 뒤를 돌아보았다. 뒤편에 있는 나무나 풀은 전혀 흔들리지 않고 있었다. 그러나 그녀는 분명히 시원한 바람이 부는 것을 느꼈다. '참 이상하다'라는 생각을 하고서 사람들과 함께 하던 일을 마무리 짓고 자신의 집을 향해 걸어 올라갔다. 거의 집에 다다랐을 즈음에 문득 밭에 가보고 싶다는 마음이 들었다. 그래서 그녀는 집에서 그리 멀지 않는 밭으로 갔다.

못생긴 밭을 한 바퀴 돌아서, 땅을 유심히 바라보고 있었다. 지난겨울에 살아남은 풀이 아직 군데군데 있었고, 이른 봄 날씨로 땅이 일찍 녹아 있다는 사실을 발견하였다.

작년에는 봄 시금치를 심어서 수확을 하고 나면, 들깨를 심어서 키웠다. 들깨를 심는 시기는 대개가 4월 중순 이후였다. 날짜가 딱히 정해져 있는 것은 아니었다. 마을 사람들이 심기 시작하면 그녀도 따라서 심었다. 나이가 들어서 힘이 부치는 것도 있지만, 혹여 잘못될까 봐서 제일 먼저 심지는 않았다. 항상 몇 명이 심고 나면 따라서 심었다. 그러면 결과적으로 중간 정도는 갔다. 너무 늦으면 수확이 적어지고, 너무 빨리 심으면 여름 태풍에 농사를 망칠 수도 있었다. 그래서 그녀는 항상 심는 시기를 중간쯤으로 하였다.

들깨를 심는 것은 특별히 좋아해서가 아니었다. 다른 작물에 비해서 척박한 땅에서도 잘 자라기 때문이었다. 못생긴 밭밖에 없는 그녀로서는 딱히 다른 대안이 없었다. 밭 중앙에 들깨를 심고, 가장 자리에는 자신이 필요한 먹거리들을 심었다. 여름이면 가지가 자라나서, 손주들이 놀러 오면 그 가지를 따서 요리를 해 먹였다. 맛있게 먹어 주는 손주들을 보는 것만으로도 기뻤다. 그리고 들깻잎을 따서 된장에 싸 먹거나, 옆에 심은 고추나무에서 풋고추를 따서 함께 상차림을 하는 것이 고작이었다. 올해는 왠지 참깨를 심어야겠다는 생각이 들었다.

작년의 일을 생각하던 그녀는 무언가 생각에 잠겨 있더니, 피식하고 웃었다. 희미하게 번진 웃음이었다. 그 사건은 다름 아닌 손주들의 핀잔이었다.

"할머니는 맨날 풀밖에 안 주세요"라고 말하며 투정을 부리던 녀석들이 떠올랐다. 그 생각에 잠긴 할머니는 올여름에는 미리 고기라도 사다 놓고 먹여야겠다고 생각했다.

갑자기 마음이 바빠졌다. 이것저것을 조금 일찍 심어서 손주들이 오는 시기에 많은 것을 밭에서 따서 먹여 주고 싶었다.

밭을 돌아본 그녀는 급히 발걸음을 옮겼다. 성질은 고약하고, 잘난 체하지만 농사에 대해서는 가장 많이 아는 아랫집을 찾아갔다. 이 나이가 되도록 잘 모른다는 소리 듣기 싫어서 눈치로 농사를 지었는데, 올해만은 그렇게 하고 싶지 않았다. '모욕을 당해도 하나하나 배워서 내가 손주들 앞에서 잘 준비해 주어야겠다'는 생각이 든 그녀는 평소 만나길 꺼려하던 성질 고약한 아랫집 아주머니를 찾아갔다.
"웬일이야?"
"예, 몇 가지 물어보려고 왔어요."
"무엇?"
"채소들의 심는 시기를 종류별로 정확히 알려 주세요. 올해는 일찍 땅이 녹아서 빨리 심어도 되는 것이 있으면 일찍 심으려고요." 아니나 다를까 여지없이 핀잔이 돌아왔다.
"아니 그럼 여태, 그것도 모르고 농사를 지었단 말이지? 나는 잘 알아서 지금까지 항상 남이 심으면 중간쯤에 심는 줄 알았네." 역시 그녀의 예상대로 핀잔 섞인 말이 돌아왔다. 그러나 그날따라 그런 핀잔이 가슴으로 다가오지 않았다. 그녀는 핀잔을 아랑곳하지 않고 이것저것 묻고 메모를 하여서 집으로 돌아왔다.

시간이 흘러갔다. 그녀는 시간이 지나감에 따라서 가슴이 은은하게 따뜻해져 가는 것을 느꼈다. 어린 날의 소녀 같은 마음으로 돌아가는 자신을 느끼고 있었다. 몸은 힘이 없지만 마음은 더 순수해지고, 젊어지는 것을 느꼈다.

그간 배우지 못해서 생긴 자학하는 마음이 점차 줄어드는 것 같았다. 매일 아침 공기가 더 신선하게 느껴졌다. 마치 자신이 나날이 젊어지는 것 같은 기분이 들었다.

이리저리 농기구를 챙기고, 씨앗들을 준비하였다. 예년에는 그저 주변에서 하는 것을 보고 따라 하던 농사를, 올해는 자신의 계획대로 해 보려던 참이었다. 삐뚤빼뚤하게 써진 종이를 들여다보면서 새삼스럽게 하나뿐인 자신의 밭을 매일 생각하게 되었다.

오랫동안 농사를 지어 왔는데, 막상 전체의 계획을 세우고 농사를 지으려고 하니 모든 것이 새롭게 느껴졌다. 여러 차례 머리가 지끈거렸다. 머리가 아플 때마다 잠시 종이를 한편에 밀어 놓았다. 며칠 동안 고민하다가 의외의 단순한 답을 찾았다. 모든 것을 다 생각하지 말고 손주에게 줄 것을 먼저 생각해서 그 시간에 맞추어 수확이 되도록 채소류를 배치해 두는 것이었다.

그녀는 늘 자녀들에게 채소들을 수확하여 보내 주곤 하였다. 그러나 바쁜 자녀는 어머니가 주신 들깨조차도 다 먹지 못하고 버리기 일쑤였다. 늘 이 점이 속상했었다. 그러나 왠지 이번에는 화가 나지 않았다. 어차피 다 먹지 못하는 것이라면 깨를 팔아서 손주들이 먹고 싶어 하는 것들을 사주면 좋겠다고 생각을 하게 된 것이다. 설령 수확 시기를 잘 맞추지 못한다고 해도, 우선 쌈짓돈을 사용하고 나중에 깨를 팔아서 용돈을 쓰기로 마음먹었다. 웬일인지 시험 끝난 학생처럼 한결 가볍고 즐거운 기분이 들었다.

이것저것을 챙겨 들고 드디어 밭으로 나갔다. 밭 가장자리의 경사진 부분에는 여름에 손주 녀석과 함께 쌈을 싸 먹기 위해서 호박을 심었다. '애호박이 나오면 부침개도 만들어 주고, 잎은 살짝 데쳐서 내어놓아야겠다. 이곳은 지대가 높고 추우니 일찍 심어야 한다.' 그녀는 하나하나 심어 나갔다. 지난해보다 며칠 일찍 모든 것을 심기 시작하였다. 그러다 보니 이번에는 마을에서 가장 먼저 밭에 나와서 일을 하고 있게 되었다.

 그녀 혼자 밭일을 하고 있지만 웬일인지, 농작물이 잘못되리라는 생각보다는 손주 녀석이 맛있게 먹을 것 같은 장면만 떠올랐다. 한참을 그렇게 이것저것을 심고 나니, 해가 서산에 기울어져 갔다. 얼굴의 땀을 연신 닦아 내고, 자신이 심은 씨앗과 채소들을 돌아보았다. '야, 이 채소들이 잘 살 수 있을까?' 그녀는 처음으로 진심 어린 걱정이 되었다.

물끄러미 바라보는 그녀의 시선을 느낀 못생긴 밭은 그녀를 향해 말하였다.

"괜찮아요, 걱정하지 마세요. 제가 잘 키우겠습니다."

"대지의 어머니께 부탁하고, 공중의 나는 바람과 구름에게 부탁하고, 하늘에 부탁하겠습니다. 그래서 적절한 때에 비가 오고, 바람이 불도록 할게요."

"낮에는 햇빛을 받고, 밤에는 달빛과 별빛으로부터 기쁨의 에너지를 받아서 잘 키우겠습니다."

"채소들이 아플 때는 내가 진액을 만들어서 그 아픈 곳이 곧 아물도록 도울게요." 못생긴 밭은 자기 밭의 주인인 그녀에게 말했다. 그러나 그녀는 그 목소리를 들을 수 없었다. 이 광경을 지켜보던 밭가의 돌맹이가 노래를 시작했다.

"걱정하지 마세요, 모든 것이 잘될 거예요."

"이 땅은 아주 귀한 일이 올해 일어날 거랍니다."

"사랑의 근원이신 이가 이 땅을 축복했어요"라고 노래를 부르자, 이에 화답이라도 하듯이 온 계곡의 존재들이 합창을 하였다.

"걱정하지 마세요, 마음이 깨끗한 이여."

"이 땅은 우리가 함께 지켜 나갈 겁니다."

"우리 모두의 마음이 담긴 귀한 선물을 받게 되실 겁니다." 같은 말을 계속 반복하며 리드미컬하게 노래를 불렀다. 높낮이를 바꾸어 가면서 온 계곡이 노래를 불렀다.

밭을 물끄러미 바라보던 그녀는 문득, 풀잎에 맺혀 있는 이슬에 비친, 저녁노을을 바라보고 미소 지었다. 이때 어디선가 포근하고, 부드러운 바람이 불어왔다. 아주 상쾌한 바람이었다. 왠지 하루의 피로가 다 씻기는 듯했다. 그녀는 아주 가벼운 걸음으로 집을 향해 내려갔다.

숲과 밭에 있는 모든 존재들은 그녀가 내려가는 뒷모습을 향하여 계속 노래를 불렀다. 아름다운 사랑과 희망의 노래를 불렀다. 그 노래는 사면이 완전히 어두워질 때까지 계속되었다. 사면이 완전히 어두워지자, 마치 축제의 마당처럼 따뜻한 기운이 온 숲과 계곡에 내려앉았다. 모든 존재들은 이 따뜻함을 만끽하며 기쁘게 저녁잠에 들었다.

밭에 뿌려진 씨앗들은 깊은 꿈을 꾸기 시작하였다. 언제 싹을 틔우고 발아할 것인지, 그렇기에 자신이 심긴 땅의 성질이 어떠한지 느껴 보고, 이것저것을 확인해 보았다. 잎을 내고, 꽃을 피우고, 열매를 맺는 삶의 전 과정을 생각하면서 뜨거운 가슴으로 바빴다. 자신이 처한 환경에 대해서는 땅과 풀과 주변의 숲들로부터 이런저런 이야기를 들었다. 언제 태풍이 오고 언제 가뭄이 오는지, 언제는 햇살이 너무 뜨거운지 등 여러 필요한 이야기를 전해 들었다. 씨앗들은 달이 뜨고 별이 반짝이는 밤에도 쉼 없이 생각하고, 깊은 꿈에 젖어들었다. 달빛을 이불 삼아, 별빛을 침실의 무드등 삼아 행복한 꿈에 젖어 들었다. 이 꿈은 숭고한 것이었다. 자신들이 성장하여서 사람들을 위해 아름답게 사용될 깊은 울림이 있는 꿈이었다.

농부들은 대부분 알고 있다. 어떤 씨앗이 며칠 만에 싹을 틔우고, 며칠 만에 잎을 내고, 며칠이 지나면 수확을 하는지를. 하지만 최종적인 것은 온전히 자신의 느낌으로 하는 것이다. 물이 더 필요한 상태인지, 김을 매어 주어야 하는 것인지, 거름이 더 필요한 것인지는 결국, 마지막은 자신의 느낌을 따라 결정해야 한다. 그렇기 때문에 농부는 자신의 밭을 자주 들여다본다.

이런 농부의 관심을, 밭의 채소들은, 자신들이 사람으로부터 관심을 받는다고 느낀다. 사람들로부터 사랑을 받고 있다고 느낀다. 그래서 즐겁게 성장하기 때문에 채소의 잎이 더 싱그러워진다.

그녀는 예년과 다르게 자신의 밭을 자주 찾았다. 밭을 한 바퀴 둘러보고는 바로 집으로 내려가던 때와는 다르게, 밭가에 자리를 해서 이것저것을 다듬고, 농사에 필요한 잡일을 하였다. 그러다 힘들면 허리를 펴고, 숨을 몰아쉬고 밭을 바라보았다. 왠지 이전과 다른 포근한 느낌마저 느껴졌다.

새싹이 나오면 다가가서 예쁘다고 쓰다듬어 주기도 하였다. 예전에는 몰랐는데, 자신이 밭의 채소들을 마치 집 안의 화분처럼 대하고 있다는 것을 알아차렸다. 그저 흐뭇했다. 모든 채소를 다 만져 줄 수 없으니 마음이 가는 잎을 만져 주고, 따뜻한 눈빛으로 밭이랑을 돌아서 모두를 훑어보았다. 그러다가 필요한 곳이 있으면 흙을 좀 더 모아서 뿌리를 덮어 주기도 하고, 잡초를 뽑아 주기도 하였다.

"감사합니다." 새싹들이 말했다. 그러나 그녀는 그 목소리를 알아들을 수 없었다. 그저 잠시 하던 일을 멈추고 김매고 지나온 자리에 있는 채소를 바라볼 뿐이었다. 왠지 자신이 지나온 자리가 애완견의 털을 다듬어 놓은 것처럼 예뻐 보였다. 그녀는 살짝 미소를 짓고, 다시 밭일을 계속해 나갔다.

밭에 있는 돌멩이, 땅들과 채소들이 일제히 노래하기 시작하였다.

"올해는 당신에게 기쁜 일이 일어날 거예요."

"걱정하지 마세요. 우리들은 잘 자랄 거예요."

"맞아, 맞아. 우리가 도울 거야. 우리가 함께할 거야." 숲과 주변의 밭들이 거들었다. 숲속의 소나무가 노래하였다.

"비가 오면 우리들이 빗물을 많이 모을 거예요."

"그리고 당신의 밭을 위해 천천히 내어놓을게요."

"맞아, 맞아. 우리가 함께할 거야." 산등성이도 노래를 이어갔다.

"우리는 그대의 밭에 강한 바람이 불지 않도록 막을 거예요."

"힘들어하지 말아요, 하루하루를 즐기세요. 올해는 당신에게 축복이 있을 거예요." 산등성이의 노랫소리에 화답이라도 하듯이 어디선가 부드러운 바람이 불어왔다. 그녀는 일을 마치고 흐뭇한 표정을 지었다. 어디선가 불어오는 시원하고 부드러운 바람을 맞으며 허리를 펴고 얼굴의 땀을 닦았다. 왠지 그럴싸한 일을 해낸 것 같은 보람찬 마음으로 자신의 집을 향해 내려갔다.

새싹이 자라나고, 본잎이 나오고, 크게 자란 채소 위로 맑은 하늘의 흰 구름들이 지나간다. 그림 같은 푸른 하늘이 펼쳐졌다. 구름은 높은 하늘에서 유심히 못생긴 밭을 바라보았다. 그리고 말했다.

"올해는 유난히 네가 밝아 보이는구나." 밭이 대답하였다.

"올해는 밭주인이 특별한 애정을 갖고 저를 대해 주어서 그런가 봅니다." 이 말이 끝나기가 무섭게 계곡에 있는 친구들이 말했다.

"올해는 우리에게 큰 축복의 일이 일어날 거예요."

"우리는 들었어요. 항상 우리 곁에 있는 이의 목소리를 들었어요."

"올해는 우리들에게 아주 특별하고 좋은 일이 있을 거래요."

"그래서 저 아이가 반짝이는 거예요." 못생긴 밭은 수줍은 듯 겸연쩍게 있었다. 구름이 말하였다.

"그래, 그래. 나도 알고 있다. 그 소문이 아주 멀리 퍼졌지. 구름이 만들어지는 나의 고향까지 퍼졌어. 그래서 나는 오늘 저 아이를 유심히 바라본 거야." 구름이 이어서 말하였다.

"오늘의 나의 임무는 그늘을 살짝 드리워 주는 것이 다야. 다음에 내가 올 때는 비를 담아 와서 너희들에게 뿌려 줄게." 땅들이 대답하였다.

"고마워요." 구름은 못내 아쉬운 듯 따뜻한 미소를 머금고 흘러갔다.

여느 해처럼 올해도 밭의 가운데에 깨를 심었다. 올해는 참깨를 심은 것이다. 무럭무럭 자라난 참깨는 아름다운 꽃을 피웠다. 얼핏 보면 흰색 같기도 하고, 자세히 보면 분홍색이 살짝 물들어 있는 아름다운 꽃을 피웠다. 땅의 성품을 닮아서인지, 왠지 수줍어하면서 붉은 미소를 담은 것처럼 보였다. 벌도 날고, 곤충도 날아다녔다. 늘 그렇듯이 모두 열심이다. 꿀을 따기도 하고, 꽃가루를 다리에 묻혀서 여기저기 꽃들 사이를 날며 수정을 시키고 다녔다.

수선을 떨던 녀석들이 사라지고, 조금 지루해질 무렵 한 마리 흰나비가 날아왔다.
"참깨야 너에게 보여 줄 것이 있어." 나비가 말하였다.
"이것은 너에게 주는 선물이야." 참깨들이 시선을 돌려서 나비를 바라보았다. 흰나비는 자신의 몸을 풀기 위해서 이리저리 날았다. 몸을 다 푼 흰나비는 자신이 새로이 만든 곡선으로 비행하기 시작했다. 마치 무대 위의 무희들이 춤을 추는 것처럼 아름답고 우아한 비행을 보여 주었다. 나비가 말하였다.
"어때? 이것이 너희들을 위해 만든 나의 새로운 몸짓이야. 이것은 온전히 너희들만을 위한 것이야." 나비는 이어서 말했다.
"너희들의 숭고한 여정을 위해서 내가 여러 날 고민해서 만든 거야. 이 비행은 너희들 밭에서 할 거야. 마지막의 긴 턴을 내가 새로이 넣었어. 이것은 너희들을 축복한 이에 대한 경배의 몸짓이야. 그리고 바로 솟구쳐 오르는 것은 너희를 위한 거야. 아름다운 여정 후에 진보하는 너희들의 영혼을 기리기 위한 비행이야." 참깨들이 화답하였다.

"고마워, 나비야. 그렇게 깊은 뜻이 있었구나, 왠지 오늘 너의 비행이 예사롭지 않고 아름다운 데가 있어 보인다고 생각했지." 흰나비는 못생긴 밭 이리저리를 날아다니면서, 자신이 만든 작품을 우아하게 보여 주었다. 그 후로 흰나비는 참깨들이 무료해할 때마다 날아와서 자신의 비행을 보여 주고, 먼 곳의 소식을 전해 주었다. 덕분에 참깨들은 무료하지 않게 지낼 수 있었다.

시간이 흘렀다. 축제 같은 나날을 보내던 계곡에도 어김없는 시련의 시간이 찾아왔다. 폭우가 심하게 쏟아졌다. 계곡은 물이 불어서 인적이 끊어졌다. 산짐승들도 자기 굴에 들어가고, 굴이 없는 짐승들은 몸을 웅크리고 견디고 있었다. 이런 폭우는 그저 견디는 수밖에 달리 대안이 없었다. 강한 폭우에 언덕 가의 밭들은 여기저기 무너져 내렸다. 흙탕물에 씻겨 내려가는 밭도 있었다. 부드러운 흙이 사라지고, 거친 잔돌들이 보이는 밭도 여기저기 생겨났다. 못생긴 밭도 폭우 속에 힘겨워하고 있었다. 이때 밭가의 큰 돌들이 말했다.

"괜찮아 우리가 있잖아."

"우리가 땅속에 깊이 발을 딛고 있으니 걱정하지 마." 돌들의 말에 조금 위안을 얻은 밭은 그래도 최대한 자신을 지키기 위해 웅크리고 있었다. 바람이 심하게 불었다. 여기저기의 큰 풀들이 꺾이고 넘어졌다. 계곡에는 온통 힘겨운 적막만 흘렀다. 모두 살아남기 위해 안간힘을 쓰고 있었다. 비까지 많이 쏟아지니 부드러운 채소며, 풀들도 고개를 들 수 없었다. 그저 힘겨운 적막만이 흘렀다.

이때였다. 어느 참깨 하나가 노래를 시작했다. 이 노래는 그저 처음에는 혼자만의 흥얼거림이었다. 그러다 참깨들 전체가 노래를 불렀다.

"괜찮아, 모두 힘을 내. 우리는 할 수 있어."

"위대한 힘을 가진 이가 우리에게 말했잖아."

"올해는 아주 특별한 일이 있을 것이라고."

"그분은 반드시 약속을 지키는 분이셔."

"우리는 해낼 수 있을 거야."

"괜찮아 모두 힘을 내." 참깨들이 일제히 목청 높여 크게 노래를 불렀다.

숲속에 웅크리고 있던 비둘기도 그 노랫소리에 놀라서 참깨가 있는 방향으로 눈을 들었다. 여기저기 밭에 있는 채소들에게도 조금씩 흥얼거림이 들렸다.

"그래, 그래. 우리는 괜찮을 거야." 흥얼거림은 이내 큰 노래로 온 계곡에 울려 퍼졌다.

"힘을 내, 다 같이 힘을 내."

"우리 모두는 잘할 수 있을 거야."

"우린 해낼 거야."

"올해는 우리에게 특별한 계획이 있어."

"하늘이 함께하실 거야." 큰 노랫소리에 흥이 났는지 숲속의 비 맞은 꿩도 추임새를 넣는 듯 간간이 "꿩, 꿩" 하고 울어 젖했다. 계곡의 노랫소리에 화답이라도 하는 듯 지루한 장마가 끝나고 비가 옅어지더니, 이내 바람도 부드러워졌다. 구름 사이로 옅은 햇빛이 서서히 나왔다. 온 숲의 존재들이 환호성을 질렀다.

"와, 끝났다!"

"우리가 해냈다!" 여기저기서 환호하는 소리가 터져 나왔다.

긴 장마 끝에 오랜만에 햇살이 비췄다. 장마 끝에 밭작물이 잘 있는지 궁금해서, 마을 사람들이 하나둘씩 자신의 밭을 둘러보러 왔다. 온 계곡의 식물들이 환하게 웃었다. 자신들이 잘 견딘 것을 사람들에게 보여 주고 싶었다. 어린아이들이 까르르 웃는 것 같은 기분으로 밝게 있었다. 사람들은 자신의 밭을 둘러보며 안도의 한숨을 내쉰다. 비가 많이 왔는데 예상보다는 크게 상하지 않은 자신들의 밭과 채소들을 살펴보고 안도한 것이다.

자신의 밭만을 보던 사람들은 문득 고개를 들어서 계곡 전체를 바라보았다. 흰나비가 아름답게 축하 비행을 하고 다녔다. 붉은 고추잠자리도 위로 높게 비행을 하고 다녔다. 때때로 사람들의 시선을 받고 싶어서 눈앞으로 날아가서 잠시 멈추었다. 이리저리 날아다녔다. 조그마한 웅덩이에 고인 물을 마시는 곤충들도 보였다. 아름다운 날개들을 움직이고 있었다.

사람들은 느꼈다. 아직 추수할 때도 아닌데 추수 때의 황금 물결처럼 계곡이 유난히 밝고 포근하다는 것을. 사람들은 자신도 모르게 얼굴에 미소가 감돌고, 가슴속에 있던 근심이 사라졌다. 복잡한 가정사의 잔재도 사라졌다. 자신의 밭을 돌아보고 내려오는 길에 여기저기 피어 있는 야생화들이 아름답다 말하면서 기쁘게 내려갔다. 가족들의 밥상에 올릴 간단한 채소들을 뜯어서 한 소쿠리씩 옆구리에 끼고 내려가는 사람들도 있었다.

채소들은 느꼈다. 사람들이 자신들이 만들어 놓은 잎들과 열매를 가지고 기쁘게 식사하며, 잠시 세상의 시름을 잊을 것이라는 사실을 알고 있었다. 채소들이 일제히 노래했다.
"감사해요, 고마워요."
"당신들은 영원한 이의 사랑을 가장 많이 받는 분들이에요."
"폭풍우를 견딘 우리의 사랑이 헛되지 않았어요."
"우리는 영원한 이의 위로와 사랑에 젖을 거예요."
"감사해요, 당신들은 오래도록 기쁠 거예요."
"언젠가 당신들이 알게 될 거예요, 우리들의 노력과 사랑을 당신들이 알 때가 올 거예요."
"우리는 기쁘게 오늘 노래할 거예요."

"영원한 이의 한없는 사랑을, 당신들이 알아차릴 때까지."
아름다운 노랫소리가 포근하게 퍼져 나갔다. 마치 첫사랑의 설렘 같은 감성으로 온 계곡이 충만하였다. 따뜻한 햇살도 한몫 거들었다. 긴 여운으로 며칠 동안 포근한 사랑이 계곡을 덮었다.

사람들은 자신의 밭에서 뜯은 채소를 먹으면서 가족들과 즐겁게 대화를 나누었다. 웬일인지 서로 속을 긁는 말은 입 밖으로 잘 나오지 않았다. 오히려 뭔가 즐거운 내용이 있으면, 자신도 모르게 기쁘게 맞장구치는 스스로를 느낄 수 있었다. 가끔씩 자기가 말해 놓고 놀라는 사람도 있었다. 기쁘고 즐겁게 자란 채소를 먹어서인지, 식사 때마다 사람들은 좋은 이야기를 위주로 하면서 살게 되었다.

어느 맑은 날이었다. 그녀는 아침을 지어 먹고 설거지를 하던 참이었다. 나무 위의 까치가 유난히 반갑게 지저귄다. 오늘은 무슨 좋은 일이 있을 것만 같다. 딸내미에게서 전화가 왔다.
"어머니! 오늘 시간이 나서 아이와 함께 갈 건데, 오늘 가도 되나요?"
"응, 그래 오거라." 그녀가 대답하였다. 마음이 바빴다. 며칠 전에 사다 놓은 고기를 냉장고에서 꺼내 놓았다. 밭으로 발걸음을 재촉하였다. 밭에 가서 이것저것을 땄다. 돌아와서는 밥을 안치고, 채소를 다듬었다. 채소 다듬기를 마치고는 이내 요리에 들어갔다. 여느 해 같으면 자신이 좋아하는 방식대로 요리를 해 놓았을 것이다. 하지만 올해는 달랐다. 젊은 아이들이 좋아할 만한 요리를 미리 알아 놓은 것이다. 평소 자신이 먹던 방식으로 가지를 찜기에 넣어 찌기도 하고, 아이들이 좋아할 만하게 속을 파내서 이것저것을 넣고 치즈를 위에 얹고서 구웠다. 또 딸내미를 위해서 가지를 기름 두른 팬에 볶아 담았다. 가지 요리 하나만 보아도 만반의 준비를 한다는 것을 알 수 있었다. 1년에 한 번 올까 말까한 딸내미라서 잘해 주고 싶었다. 한참을 요리에 열중하고 있었다.

밖에서 차 소리와 소란스레 떠드는 소리가 들린다. 반가운 마음에 나가 보니, 딸내미와 손주 녀석이 막 차에서 내리고 있다.

"어서 와라."

"안녕하세요." 웬일로 손주 녀석이 공손하게 인사를 다한다. 그새 컸는지, 인사를 공손히 한다. 지난해만 해도 겉멋이 든 건지, 못된 아이들 흉내를 내는 것인지 건성으로 "할머니 안녕!" 하더니 올해는 두 손을 아래로 모으고 고개 숙여서 인사를 다 한다.

"엄마! 안녕하세요, 잘 지내셨어요?"

"그래, 덕분에 아무 걱정 없이 잘 지낸다. 먼 길 왔는데 어서 들어가자." 그녀가 집을 향해 들어가고, 딸내미는 겸연쩍게 뒤를 따른다. 마음이 멀어서이지, 거리가 멀어서 멀다고 한 것이 아니라는 사실을 문득 느꼈다.

식탁에 둘러앉았다. 손주가 소리친다.

"와! 할머니, 이것 모두 할머니가 만드신 거예요?"

"응, 그래. 내가 만들었지."

"정말 멋있어요!" 손주가 대답했다. 치즈가 곁들여진 가지를 보기 좋게 잘라 놓은 것을 한 입 먹더니, 감탄사가 연발로 나온다. 세상 기쁜 표정이다.

"와, 엄마 요리 솜씨가 많이 느셨네요." 딸내미가 말했다. 가지 요리며, 돼지고기를 고추장에 덖어서 낸 요리들과 갖은 채소로 멋을 낸 접시에 담긴 음식들을 보고 하는 말이었다.

"우리 엄마가 이런 요리도 할 줄 아는지는 처음 알았네."

"그래, 내가 신경 좀 썼다." 그녀가 말했다.

맛있게 먹는 손주와 딸내미를 바라보고서 그녀는 흐뭇했다. 긴 시간을 준비한 보람이 느껴졌다. 이런저런 이야기를 나누면서 정겨운 식사가 이어졌다. 참으로 얼마 만인지 기억도 잘 나지 않는다. 이렇게 정겹게 식사를 나눈 때가……. 그녀는 잠시 생각에 잠겼지만, 이렇게 정겹게 식사를 함께 한 때가 언제인지 떠오르지 않았다.

어느덧 딸내미가 갈 시간이 다가왔다. 딸내미가 말했다.
"엄마! 올해는 이것저것 바리바리 싸 놓지 않으셨네요?"
"그래, 뭣 하러 그러겠니. 다 먹지도 못하고 버리고, 가져가기 귀찮은데. 혹시 필요한 것들이 있으면 먹을 만큼만 싸 가거라. 참깨는 털어서 장에 내다 팔아서 용돈도 하고, 머리도 하고 하련다." 그녀가 대답했다.
"와, 우리 엄마 많이 세련되어지셨네." 딸내미가 말했다.

오랜만의 흥겨운 식사를 마치고 딸내미와 손주 녀석은 차를 타고 총총히 사라졌다. 사라지는 차를 바라보며 그녀는 서 있었다. 이게 얼마만인가, 참 편안하다. 10년 묵은 체증이 내려가는 것처럼, 시원하고 가벼운 마음이었다. 그녀의 시야에서 딸내미의 차가 완전히 사라지자 그녀는 집으로 들어왔다.

새들은 지저귀고, 사마귀는 날아다녔다. 싱그러운 바람이 이곳저곳으로 계곡을 스치고 다녔다. 저만치 높은 하늘에서 무언가 형용할 수 없는 느낌의 설렘이 점차 땅을 향해 내려왔다. 부산을 떨던 계곡의 모든 존재들이 일순간 얼음이 되었다. 그리고 깊은 정적과 침묵이 흘렀다.

이 설렘은 무어라 표현할 수 있는 것이 아니었다. 그간의 느껴 보지 못한 설렘이 계곡에 내려앉은 것이다. 모든 존재들이 깊은 정적 속에서 이 설렘을 음미했다. 무언가 좋은 일이 있을 것 같았다. 그러나 쉽게 그것이 무슨 일인지 짐작할 수 없었다. 한참을 모두 열심히 생각해 보았지만, 아무도 알 수 없었다. 그저 깊은 뜻, 숭고한 뜻이 느껴졌다. 계곡을 이루는 모든 구성원들이 서로를 쳐다보았다. 아무도 알지 못하는 듯했다. 모두는 알았다. 각자에게 좋은 일이 생길 것이라는 사실을, 그리고 그 일은 자신의 삶을 통해 나타날 것을. 삶을 통해 그 숭고한 의미를 깨우치고, 배워야 한다는 것을 느꼈다. 아무도 말이 없었다. 이제 때가 되었다고 모두가 직감하였다.

숨을 죽이고 지켜보고 있었다. 하늘 높은 곳에서 축복의 기운이 쏟아져 내려왔다. 온 계곡이 감사와 기쁨에 잠겼다. 이윽고, 특별한 이 기운은 못생긴 밭에 응결되었다. 못생긴 밭은 한없는 감사에 젖어서 아무 말을 하지 못하였다. 평소 수줍은 볼이 오늘따라 붉은 사과보다 더 붉은 것 같았다. 무어라 말할 수 없는 이 기운은 특별한 싱그러움과 생명력을 담고 있었다. 한없이 맑은 이 특별한 기운은 순식간에 참깨들의 몸과 알맹이들로 빠르게 흡수되었다. 그제야 모든 숲의 구성원들은 알아차렸다. 며칠이 지나지 않아서 참깨가 수확되고, 자신들을 떠나서 긴 여행을 시작할 것이라는 사실을.

그간의 특별함의 주인공은 다름이 아니라 이들, 참깨였다는 것을 확연하게 알 수 있었다. 평소의 태도로 보아 저 참깨들이 큰일을 할 것이라고 많은 이들이 짐작하고 있었다. 하지만, 이렇게 특별하고 맑은 에너지가 선물처럼 내려앉을 줄은 몰랐다. 숲의 모든 이들은 마음을 정리하기 시작했다. 그리고 묵묵히 참깨에게 작별 인사를 전했다.

뙤약볕이 내리쬐던 날, 그녀는 밭으로 향했다. 그리고 그간 자라난 참깨를 베어 날랐다. 밭가 가장자리에 적당한 크기로 묶어서 세워 놓았다. 참깨가 마르고 나면 털어서 장에 내다 팔 생각이었다. 무심히 참깨 단을 세우고는 내려다보며 말했다.

"고맙다, 너희들 덕에 내가 기쁜 것 같구나." 그녀는 자신도 모르게 말을 내뱉었다. 참깨들이 대답했다.

"감사합니다, 이제 우리는 긴 여행을 떠날 거예요. 어디인지 모르지만 우리를 아름답게 써 줄 사람들이 있을 거예요." 참깨들이 노래를 불렀다.

"정말 감사해요. 덕분에 아주 특별한 날들을 보냈습니다." 이 노랫소리를 알아들었는지 그녀는 밭을 내려가다 말고, 뒤돌아서 참깨 단을 힐끗 쳐다보았다.

그녀는 며칠 누워 있었다. 아픈 허리가 도진 것이다. 그러나 오늘 말려 놓은 참깨를 털지 않으면 안 될 것 같았다. 그래서 고통스러운 몸을 이끌고 참깨를 털러 갔다. 포장을 깔고 잘 마른 참깨 단을 털었다. 한 반쯤 털었는데, 다시 허리가 아파 왔다. 신세 한탄이 절로 나왔다. 답답한 마음에 참깨에 대고 한참 자신의 처량한 신세 한탄을 하고 있었다. 문득, 아무것도 모르는 참깨에 대고 내가 무슨 짓을 하고 있나 싶었다. 잠시 허리를 펴기 위해 일어서면서, 얼굴의 땀을 닦았다. 이때였다. 참깨들은 일제히 노래 부르기 시작했다.

"힘내세요, 당신은 할 수 있어요."

"힘내세요, 당신은 할 수 있어요."

"당신은 당신이 자신을 생각하는 것보다 소중하고, 귀한 사람이랍니다."

"그분이 당신을 기억하실 겁니다."

"우리는 특별한 삶을 위해 태어났어요."

"인자하시고, 사랑이 많은 분이 당신을 특별히 기억하실 겁니다."

"힘을 내세요." 허리를 펴다 말고 먼 산을 바라보던 그녀는, 갑자기 자신의 내면에서 무언가 편안한 힘이 들어차는 것을 느꼈다. 얼음이 따뜻한 물에 녹듯이 서서히 등이 풀렸다. 그리고 뭔지 모를 힘이 들어찼다. 그녀는 심호흡을 몇 번 하고, 손발과 허리를 움직이더니, 이내 다시 참깨 단을 털었다. 참깨 단을 다 털고서 한곳에 모아 놓자 해가 서산에 기울고 있었다. 그제야 그녀는 얼굴의 땀을 닦고, 집으로 내려왔다.

시골 장은 늘 북적인다. 물건을 내다 파는 사람, 물건을 사러 오는 사람들로 북적인다. 시골은 장이 서야 싱싱한 물건을 살 수 있다는 생각이 아직도 남아 있다. 북적이는 시골 장터 한편에 기름을 짜는 집이 있었다. 이 가게는 아주 오래된 가게였다. 그 자리에서만 40년이 넘는 세월 동안 기름을 짜 왔다. 수완이 좋아서인지 기름 짜는 직업이 아직 쓸 만해서인지, 이 집의 주인장은 아직은 여유가 있는 삶을 살고 있었다. 농부들이 깨를 가져다주면 기름을 짜서 상인들에게 파는 것이 조금은 쏠쏠한 재미가 있었다. 정성스럽게 기름을 짜서 병에 담아 놓으면 전국에서 이 기름을 사러 온다. 더러는 지나가다가 사 가고, 더러는 단골이 되어서 사 갔다. 이런저런 이유로 이 집의 기름들은 재고가 쌓이기 무섭게 팔려 나갔다. 그러다, 웬일인지 요즘은 벌이가 통 신통치 않았다. 주인이 몸이 아프면 장사가 잘 안 된다는 속담처럼, 이 집 주인이 나이가 들어서 몸이 아프고 난 후로는 영 장사가 잘 되지 않고 있었다.

그녀가 출입문을 밀어젖히고 들어왔다. 주인장이 의자에 앉아 있다 일어서며 인사를 건넨다.

"안녕하세요! 어쩐 일이세요?" 주인장의 인사에 그녀가 대답했다.

"예, 참깨를 팔려고 왔어요." 주인장이 의아해하는 눈으로 그녀를 바라다본다.

"참깨요? 자녀들 안 주시고요?" 늘 그녀는 자식이 우선이라 깨들은 자녀들 차지였다. 그녀의 안타까운 사정은 이 집 주인장도 익히 알던 터라 의아해했던 것이다.

"예, 이번에는 제가 용돈이 궁해서……. 머리라도 하고 싶어서 염치 불고하고 이렇게 가져왔습니다." 그녀가 말했다.

기름집 주인이 그녀가 내려놓은 초라한 자루로 다가섰다.

"아이고, 이 무거운 걸 여기까지 가져오시느라 수고가 많으셨네요." 몇 해 전부터 그녀의 허리가 아파서, 고생한다는 것을 익히 알던 터였다. 자루를 열어 보자 주인장의 눈에 참깨가 들어왔다.

자루가 열리고 빛이 들어오자 참깨들이 일제히 노래하기 시작했다.

"당신은 복을 받으실 거예요."

"우리는 특별한 일을 위해서 태어났어요."

"우리를 만난 당신은 큰 축복을 받을 거예요."

"우리를 기쁘게 반겨 주세요." 참깨들은 신이 난 아이들처럼 흥겹게 노래했다. 주인장의 눈에 비친 참깨는 다른 깨들과 다르게 유독 싱싱해 보였다. 주인장은 자루째 들고 가서 무게를 달아 보고 가격을 계산해 보더니, 호주머니에서 돈을 꺼내어 세어 보았다. 그녀에게 돈을 건네려다 문득, 무슨 생각에서인지 호주머니에서 돈을 좀 더 꺼내어 주었다. 그녀는 자신이 받은 돈을 주머니에 넣으며 연신 감사하다는 인사를 하고 시장 쪽으로 총총히 사라졌다.

참깨들이 다시 노래를 시작했다.

"당신은 참 마음이 따뜻한 사람이에요."

"늘 지켜보시는 이가 당신의 손길을 기억하실 거예요."

"당신은 참 착한 사람이군요."

"늘 지켜보시는 이가 당신을 축복하실 거예요." 참깨들은 설렘과 기쁨 속에서 노래를 이어 갔다.

시간이 조금 흘렀다. 조용하던 기름 짜는 집에 사람들이 연이어 들어왔다. 기름을 찾는 사람, 깨를 파는 사람으로 점점 북적였다. 한참을 정신없이 일하던 주인장은 찾아온 손님에게 웃으면서 말한다.

"손님 죄송합니다. 오늘은 기름 짜 놓은 것이 다 떨어졌습니다. 내일이나, 다음에 오시면 꼭 짜 놓겠습니다." 연신 인사를 하였다. 참 오랜만이다. 이렇게 짜 놓은 기름이 없어서 못 팔아 본 적이 얼마 만인가. 기름집 주인장은 오전에 다녀간 그녀가 생각이 났다. 그래, 내가 조금의 선행을 해서 이렇게 크게 보답을 받았나 보다. 감사한 마음을 안고 주인장은 잠이 들었다.

이튿날, 주인장은 일찍 일어나서 가게 문을 열고 들어가서 청소를 마쳤다. 이제는 기계들을 점검하고, 기름을 짜야 했다. 어제 기름을 다 팔아 버렸기 때문이었다. 기름 짜는 기계에다가 깨들을 넣으면서 주인장은 문득, 어제 산 그녀의 참깨가 생각이 났다. 다른 기계들을 돌려 놓고, 새로운 기계에 다가섰다. 왠지 이 기계를 한 번 더 청소하고 싶어졌다. 주인장은 기름 짜는 기계들을 다시 한번 청소하기 시작했다. 그러면서, 다시 청소하는 자신을 돌아보았다. 이게 얼마 만인가, 아주 초창기 시절 젊은 날, 첫 손님을 맞을 때 설레는 마음으로 청소하던 시절의 감흥이 일어났다. 아팠던 몸이 다 나은 양, 몸에서 흥이 솟아났다. 이윽고 주인장은 그녀의 자루의 깨를 볶아서, 기름 짜내는 기계에 넣었다.

기름 짜는 틀에 들어간 참깨들은 노래하기 시작했다. 압력으로 눌리어서 기름이 되는 것이 고통스러울 법도 한데, 전혀 그런 내색을 하지 않았다. 기름이 되어 나오는 것을 기쁘게 기다리며, 줄을 선 어린 아이들처럼 노래하며 신명나게 내려갔다.
"우리는 특별한 일을 위해서 태어났어요."
"당신은 복을 받으실 거예요."
"이 기계도, 이 가게에도 복이 내려올 겁니다."

"당신은 마음이 따뜻한 사람이에요."

"마음이 따뜻한 사람은 반드시 기억하시는 이가 당신을 축복하실 겁니다." 참깨들은 신명나게 노래를 부르며 기쁘게 참기름이 되었다. 이 기름을 담은 병을 받아 든 주인장은, 왠지 다른 기름과는 다르게 선반 위 한편에다 두고 싶은 생각이 들었다. 그래서 다른 기름과 구별이 되게 두었다. 유난히 싱싱해 보여서인지 아니면 자신이 먹으려고 하는지 알 수는 없지만, 다른 기름과 구별되게 한쪽에 모아 놓았다.

주인장은 바삐 기름을 짜서 병에 담았다. 한참을 담으니 선반 위가 가득하였다. 선반 위가 거의 다 차 갈 즈음이었다. 한 무리의 사람들이 연이어 들어왔다. 아마도 이들은 근처를 지나가던 관광객들인 모양이다. 시골에서 직접 짠 기름을 사 가고 싶다며, 한 사람당 여러 개를 사 갔다. 자신과 가족들을 위해서 신선한 기름을 선물할 요량인 것이다. 한바탕 사람들이 떠나고 나니, 잠시 후에 단골손님들이 몰려와서 진열장의 있는 기름이 다시 텅 비었다. 하지만, 한편에 놓아둔 그녀의 참기름만은 팔지 않았다. 갑자기 여기저기에서 전화 주문이 쇄도했다. 그간 알고 지내던 지인이나 상인들이 기름을 달라고 연락한 것이었다. 주인장은 기분이 무척 좋았다. 이제는 몸 아픈 것이 없는 사람처럼 신명이 났다. 가끔 콧노래도 흥얼거리면서 일을 하고 있었다. 하루해가 저물었다. 오랜만에 고단하게 일한 주인장은 기쁜 마음으로 잠을 청하기 위해 집으로 향했다.

"계세요?"

"예, 누구세요?" 주인장은 일하다 말고 일어나 뒤를 돌아보았다.

"아! 안녕하세요." 기름집 주인장이 기쁘게 인사를 건넨다.

"요즘은 건강이 좀 어떠세요?" 주인장의 물음에 노년의 할머니가 대답한다.

"늘 그렇지요. 뭐." 멋쩍게 웃는다.

"그래, 오늘은 무엇을 드릴까요?"라고 주인장이 물었다. 노년의 할머니는 길거리 차도 옆에서 좌판을 깔고서 기름과 생활 식재료를 팔면서 살아가는 분이었다.

"기름을 조금 주세요"라고 할머니가 대답하였다. 주인장은 지금껏 아무에게도 팔지 않았던 그녀의 참기름과 함께 따로 모아 놓았던 기름들을 할머니에게 건네었다.

"많이 파시고, 건강하세요." 주인장이 말했다.

"예, 사장님도 많이 파시고, 건강하세요. 또 오겠습니다." 할머니가 말했다.

멀어져 가는 할머니의 뒷모습을 바라보며, 주인장은 잠시 상념에 젖어 있었다. 돌아가신 자신의 어머니를 생각하면서 바라보고 있었다. 돌아가신 자신의 어머니에게 하지 못한 효를 반성하면서, 그 할머니에게 조그마한 성의를 해 보려는 노력이었다. 그렇게 주인장은 할머니를 위한 기름을 한편에 모아 놓고는 하였다. 할머니는 모르시리라, 자신을 며칠 만에 찾는지 통계를 내어서 꼭 필요한 만큼을 미리 준비해 놓는다는 사실을. 그러나 주인장은 상관없었다. 모를수록 좋았다. 자신의 사소한 친절이자, 자신이 어머님을 추억하는 방식이 알려지는 것이 오히려 창피할 것 같았다.

할머니는 삶이 팍팍하고, 힘들었다. 집이 없는 것도 아니었다. 자녀들이 없는 것도 아니었다. 오히려 자녀들은 잘 성장해서 남부럽지 않게 잘 살고 있었다. 그러나 할머니에게는 돈이 없었다. 이렇게 좌판이라도 하지 않고서는 살 수 있는 형편이 못되었다. 아들들은 며느리에게 장가를 들었다. 또, 딸들은 사위들에게 시집을 간 것이다. 이렇게 말하는 편이 좋았다. 할머니는 늘 그렇게 되뇌면서 살았다. 아들이 자신을 보러 올라치면 며느리가 경기를 하며 난리를 쳤다. 사위들도 마찬가지였다. 어쩌다 할머니 집에 올라치면, 할머니 앞에서 싸우는 등 난리도 아니었다. 그래서 할머니는 단념하고 이렇게 좌판을 깔고 나온 것이다. 여름에는 너무 뜨겁고 겨울에는 추웠지만, 자신이 잘못 살아온 것을 받아들였다. 매일 나가서 좌판을 까는 것, 지나가는 행인과 차를 보고 손짓하며 '이것 좀 사가세요'라고 말하는 것이 자신의 참회이자, 공부라고 생각했다. 몸이 아플 때면 그것을 공부로 생각했다. 몸 아픈 만큼 자신의 죄가 없어질 것이라 생각하였다. 어디에서 그런 생각이 올라왔는지는 알 수 없었다. 하지만 할머니는 그렇게 생각해야 자신의 삶이 견딜 만했다. 좌판을 벌이던 처음에는 행여 자식들이 자신을 알아볼까 봐 목도리를 둘둘 말아서 얼굴을 가리고 다녔다. 그렇게 여러 해가 지나니, 마음이 편안해졌다. 자식들은 절대 자신이 있는 누추한 길을 지나가지 않는다는 사실을 깨닫게 된 것이다. 오히려 잘 되었다는 생각이 들었다.

  세월이 흘러 할머니는 이마에 깊은 주름이 생겼고, 햇볕에 그을린 얼굴은 막노동꾼들처럼 검었다. 이제는 자식들이 지나가도 자신의 얼굴을 못 알아볼 거라 생각하며 웃었다. 아주 가까이 와서 보지 않는 이상은 그 할머니가 그 할머니 같아서 알 수 없을 것 같았다. 할머니는 힘들 때마다 속으로 되뇌곤 하였다. 다음 생애는 내가 젊은 날 열심히 잘 살아서 이런 꼴은 보지 말아야겠다. 왠지 이렇게 되뇌고 나면, 자신의 내면에서 힘이 나곤 하였다.

할머니는 기름집 주인장에게서 사온 기름들을 한쪽 선반 위에 두었다. 내일은 이 기름과 먹거리를 들고나가서 팔 요량이었다. 지금껏 침묵을 지키던 참기름이 노래를 부르기 시작했다. 깨였을 때는 각각이었지만, 기름이 되어서는 한 덩이인 것 같았다. 그러니 각각이자, 하나인 것이다.

"힘을 내세요."
"힘을 내세요."
"당신에게 좋은 일이 있을 거예요."
"우리는 특별한 부름으로 태어난 기름입니다."
"사람들에게 큰 기쁨을 주기 위해서 태어난 기름입니다."
"힘을 내세요."
"당신에게도 좋은 일이 있을 거예요."
"어둠이 걷히고, 밝은 날이 올 거예요."
"힘을 내세요, 힘을 내요." 참기름은 노래를 불렀다.

할머니는 고단함을 느끼고, 이내 깊은 잠에 들었다. 오랜만에 아픈 몸을 느끼지 않고, 불이 꺼졌다.

다음 날도 여느 때처럼 길거리에서 할머니는 좌판을 깔았다. 오늘따라 손님이 없었다. 이제 가을이 시작되어서 그런지, 오늘따라 찬바람이 심하게 불어서인지, 오전 내 기다려도 아무것도 팔지 못했다. 속세 말로 마수도 못한 것이었다. 첫 물건을 개시로 팔지 못했다.

몇 번의 지겨움이 지나간 후였다. 어디선가 흰 차 한 대가 다가서더니 한 여인이 내렸다.
"할머니, 이건 얼마예요?" 주인장이 준 그 참기름을 가리켰다.
"예, 15,000원입니다." 할머니가 말했다. 흰 차에서 내린 여인은 20,000원을 건네며 말했다.
"할머니, 잔돈은 되었습니다. 좋은 기름을 먹게 해 주서서 감사합니다." 그 여인은 인사도 잊지 않았다. 할머니는 생각했다. '참 고운 여인이다, 마음이 고운 여인이다.' 자신의 딸과 비교해 보았다. 아무리 생각해 봐도 자신의 딸들은 이렇게 말하고, 행동하지 않을 것 같았다.
"예, 감사합니다." 할머니가 말했다. 20,000원을 받아든 할머니는 양손으로 지폐를 잡고서, 공손히 하늘을 향해 들어올렸다. 건네진 지폐는 주름진 할머니 이마 위로 올라갔다. 아마도 저것은 할머니만의 의식이리라, 첫 손님에게 받은 돈인 '마

수'를 감사한 마음으로 하늘에 고하는 의식일 것이다.

흰 차를 타고 온 여인은 조용히 차를 움직이다가 20여 미터를 지나서 할머니와 멀어진 후에 '붕' 하고 가속페달을 밟았다. 아마도 이 여인은 좌판의 할머니가 자신의 차에서 나오는 매연을 마실까 봐 걱정이 되었던 모양이다. '참, 고운 마음씨다.'

며칠이 지났다. 할머니는 오늘은 몸이 좋지 않아서 좌판을 안 나갈 심산이었다. 지금껏 신념처럼 나갔지만, 오늘은 도저히 몸이 안 좋아서 나갈 수 없을 것 같았다. 마음을 굳게 먹고, 오늘 좌판은 접기로 결심하였다. 그때였다. 딸아이에게서 전화가 왔다. 근처 지나는 길인데, 들르겠다고 한다. 할머니는 웬일인가 싶었다. 처가에만 오면 싸우고 가는 김 서방이 오늘은 웬일로 온다는 것인지, 내심 걱정도 되었다. 조금 있으니, 아들에게서도 전화가 왔다. 지금 어머니께 가는 길인데, '장을 다 봐서 가니까, 아무것도 준비하실 게 없다'고 한다. '하이고, 해가 서쪽에서 뜨겠다. 오늘은 내가 몸이 아파서 준비해 달라고 해도 못 한다.' 할머니는 속으로 생각했다. 벌써 두 식구가 온다니, 걱정이 태산이었다. 그러나 할머니는 어쩔 수 없었다. 몸이 아파서 아무것도 할 수가 없었다.

이윽고, 김 서방이 먼저 도착했다. 인사를 마치고 난 김 서방은 차에서 준비해 온 물건들을 하나둘 내렸다.

"아니, 무슨 명절도 아니고 이렇게 많이 가져왔느냐?" 할머니가 말했다. 김 서방이 말했다.

"아닙니다. 지나가다가 생각나서 사 왔습니다." 말을 마치고, 웬일인지 이리저리 다니면서 바비큐를 할 채비를 직접하고 있었다.

  아들과 며느리가 들어왔다. 이건 뭐 더 가관이다. 매번 거품만 물던 며느리가 어인 일로 옷까지 차려입고 나타났다.
  "어머니!" 할머니는 생각했다. '반갑기도 하겠다, 평소에 잘하지.' 그러나, 싫지는 않았다.
  "어서오너라. 여기에 앉아서 좀 쉬어라."
  "아니에요, 어머니. 어머니 드시라고, 회를 떠 왔어요. 얼른 가서 준비해 오겠습니다." 며느리가 말했다. 할머니는 생각했다. 이것은 해가 서쪽에서 뜬 것이 아니라, 지진이 일어난 것이구나.

각자가 가져온 음식을 준비해서 한참을 먹고 있었다. 회에 바비큐에, 파티가 열린 것이다. 할머니 마음속에 이런 생각이 들었다. 늘 이렇기만 해도 좋겠다. 그러다 문득, 첫딸과 셋째 아들은 같이 있지만 둘째와 넷째가 생각이 났다. 그러나 아무 말도 하지 않았다.

땅거미가 내리고 저녁 7시가 되었다. 막내 내외가 왔다. 이번에는 소고기를 잔뜩 사 왔다. 막내가 사 가지고 온 소고기를 내와서 먹고 있었더니, 이번에는 둘째 내외가 들어왔다. 할머니가 말했다.
"아니 이보라, 너희들 오늘 날 잡았니?"
"아닙니다. 그냥 시간이 조금 났는데 어머니 생각이 나서 이렇게 먹을 것을 사 가지고 왔습니다." 커다란 왕새우를 잔뜩 사 가지고 왔다.
"그래 어서 와라, 고맙다." 할머니는 말했다.

오랜만에 온 식구가 모였다. 명절도 아닌데 온 식구가 한자리에 다 모인 것이다. 이번에는 싸우지도 않고, 각자 알아서 가져온 재료들을 요리해서 내왔다. 이건 필시 준비된 것이다. 이제껏 대하는 태도와는 사뭇 다르기 때문이다. 그러나 할머니는 행복했다. 온 식구가 싸우지 않고 즐겁게 담소를 나누었다. 밤이 새는 줄 모르고 이야기꽃을 피웠다.

 돌아갈 때는 몰래몰래 다가와서 용돈 봉투를 내밀었다. 할머니는 돈이 문제가 아니었다. 이렇게 기쁘게 만나고 헤어지는 것만으로도 정말 감사한 일이었다.

냉장고에 들어간 참기름은 숨을 죽이고 기다리고 있었다. 이제는 자신들에게 어떤 일이 펼쳐질지 무척 궁금했다. 늘 지켜보는 이가 가는 곳마다 기적과 사랑을 베풀어 주고 있었다. 참 감사한 여정이었다. 하지만 참기름은 느꼈다. 아직 무엇인가 자신들이 답을 찾지 못한 것 같았다. 이대로 식재료로 쓰인다면 특별한 자신들의 삶의 계획이 무엇인지 확연해지지 않았다. 그래서 참기름들은 숨을 죽이고 기다리고 있었다. 지금까지의 여정도 정말 감사한 일이었지만, 자신들의 내면에서 답을 찾은 것 같지는 않았기 때문이다.

　흰 여인이 냉장고 문을 열고, 그 참기름을 찾았다. 이 여인은 자신의 어머니를 뵈러 가는 길이었다. 이 여인은 역시 마음이 고왔다. 자신의 어머니가 몸뿐만 아니라 마음과 정신도 건강해지시길 바랐다. 지극정성이었다. 이번에는 지금까지와는 반대로 그 어머님이 딸의 깊은 마음을 다 헤아리지 못하는 것 같았다.

　집집마다 어려움이 다 있다. 이 집도 예외는 아니었다. 무슨 이유에서인지 자녀들이 어머니에게 잘하지 못하고 있었다. 유독 흰 여인만이 정성이었다. 일을 마치고 돌아가는 길에 이 여인은 어머님께 들러서 참기름을 드리고 돌아왔다.

어머니는 딸에게서 참기름을 받아 냉장고 속에 넣어두었다. 며칠간 숨을 죽이던 참기름들이 노래하기 시작했다.

"우리는 특별하게 지음을 받았어요."

"한없는 자비를 가지신 이가 우리에게 특별한 임무를 주셨어요."

"우리는 그 임무를 완수해야 합니다."

"우리는 당신에게 오기까지 먼 길을 돌아왔어요."

"우리가 사명을 다하도록 저희를 사용해 주세요."

"우리는 특별한 아이들이에요."

"늘 함께하신 이가 당신을 향한 특별한 계획이 있어요." 참기름들은 노래를 계속하였다. 쉽게 멈추지 않을 것이란 사실을 알 수 있었다. 계곡에서 이곳까지 오는 여정에서 찾지 못한 답을 하루빨리 알고 싶었다.

산책을 다녀온 어머니는 불현듯 냉장고 속에 넣어 둔 참기름 생각이 났다. 이것저것 야채를 섞어서 비빔밥을 만들었다. 이때였다. 참기름들은 비로소 알 수 있었다. 자신들의 소명이 무엇인지 정확히 알 수 있었다. 그것은 바로 오늘 쓰이기 위해서였다.

  하늘 높은 곳에서 자신들에게 부어 주신, 무어라 말할 수 없이 맑고 생명력 넘치는 기운이 어머니가 비빈 밥 속으로 빨려 들어갔다. 자신들의 몸에서 빠져나간 기운만큼 자신들 속에는 심오한 사랑을 이해할 것 같은 환희의 에너지가 들어찼다. 특별한 사명에 걸맞은 아주 독특한 기운이 어머니의 밥 속에 스며든 것이다. 어머니는 잘 비벼서 한 입 드시더니, "참 맛있다"고 하셨다.

  어머니는 비벼 놓은 밥을 다 먹으니 피곤했던 몸이 언제 그랬냐는 듯 가벼워지고, 자신의 내면에 있는 어둠이 사라지는 것을 느꼈다. 마음속에 불협화음이 사라지고, 신선함이 느껴졌다. 마치 숲속에 있는 것같이 시원한 느낌이었다.

추석이 되었다. 어머니의 자녀들이 모였다. 어머니는 자신이 맛본 맛있는 참기름을 자녀들에게 먹여 주고 싶었다. 비빔밥을 준비해서 자녀들에게 먹였다. 모두 너무나 맛있게 먹었다. 그리고 명절 후에도 자녀들은 어머님 집으로 가서 몇 번 더 비빔밥을 해 먹었다. 그러는 사이 자녀들과 어머니는 아주 좋은 관계로 화목해졌다. 이 광경을 지켜보던 참기름은 노래하기 시작했다.

"이제는 알아요, 위대한 이의 계획을."
"이제는 당신의 사랑을 알 것 같아요."
"지극하게 인간을 사랑하시는, 당신의 사랑의 도구로 우리를 써 주셔서 감사해요."
"어머니는 깨어나실 거예요."
"그녀 안에 깃든 지극한 사랑이 깨어날 거예요."
"높은 하늘의 맑은 기운이 우리와 함께 이곳으로 왔어요."
"이제 당신은 깨어날 거예요."
"언제나 있는 이가 당신과 함께하시길 원하신다는 걸 우리는 알아요."
"우리는 우리의 특별한 여정이 무엇인지 이제 깨달았어요."
"그것은 다름 아니라, 당신의 넓고 한없는 사랑에 한발 더

다가가는 거예요."

"그것은 바로 당신의 사랑을 더 깊이 이해하고 실천하는 기쁨을 누리는 것이에요."

"우리는 우리들의 친구들에게 노래로 전할 거예요."

"우리의 아름다운 여정의 의미를."

"이제는 우리들의 친구들이 모두 깨어날 거란 걸 우리는 느껴요."

"황금의 시대가 눈앞에서 활짝 열렸어요."

참기름은 감동에 젖어서 노래를 이어 갔다. 이 노래는 시공간을 넘어서 모든 식물들에게 전해졌다. 그리고 모든 식물들은 감동으로 새로운 삶의 꿈을 꾸기 시작했다.

- 끝 -

A food that warms your soul 1

Singing Sesames

Writer's Profile

Chung Lim

Communing with nature and meditating,
tending a small vegetable garden.
Took up a pen with the material of sesames
to help children foster their emotions.

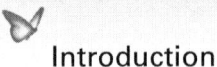

Introduction

It has been a long time since the bright face and smiles of children with clear and big eyes have been disappeared. It also has been a long time since the idyllic scenery that the laughter of little children was heard from every house disappeared.

The adults are getting tired of life, and their emotions became desolating from going through the hardships of life. Children have been forced to fierce competitions from a very young age, and their intelligence has been getting higher every year, but before the heightened intelligence, they have been put in bondage of proactivity. Excessive competition and desolating emotions have made the meaning of their lives to be fade in suffers of life, and because of that, our country has become difficult to live.

In this reality, I have written this book with heart of hoping to reconsider the value of life that you have forgotten unawares while you are reading this story. As if you are listening to an interesting story in an old grandmother's guest room.

Our country, Korea has overcome endless hardships from the ruins of war in 1950 and has built today's miraculous life. Of course, there was a lot of help from the international community, but in our own lives, we were able to overcome the series of hard life with unbelievable endurance and attained the present life.

There is praise of the fact that Korea has done urbanization in just 40 years which Britain has done for over 100 years. As we grow so rapidly, the scars of our past life did not healed up yet and have been remained in our inner mind and cast long shadows. I have written this story with heart of hoping to stir up the forgotten innocence of childhood again, and heart of commemorating the hard work of our postwar generation who are elder in our life, and thought of hoping to move toward a more vibrant and bright life after cleaning up inner mind like this.

I dedicate this book to all the famous and unknown heroes who have endured the hard work and toil to enable us to enjoy material wealth today.

I would like to thank everyone who helped to publish this book.

Sep. 1, 2019   Chung Lim

"Humans can communicate with plants, and they have been doing is clear fact. Plants are living things with feelings and have roots in the universe. They are releasing energies that are helpful for humans."

"The vitality and energy of the universe that surrounds all living things are shared by plants, animals, and humans."

In 1971, the American scientist Vogel

When energy is lacking, we go into the forest and lean our back on the pine tree with our arms wide open to accept the power of the plant.

American Indians

Plants prefer to be with the owner rather than left alone. The freshness of the plants in the frequent passageways is fresher and it is a definite proof that they like to be praised by the passers.

Canada. Physiological psychology researcher Jan Merta

Plants have a spirit, and the spirit of a highly grown plant can move freely through space with a body of light or energy without its physical body. These beings are called fairies.

Quoted from Korean Spiritual World saying

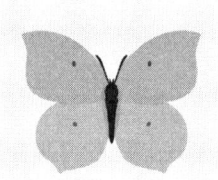

Singing sesames

Beautiful mountains, there are countless peaks. The high and low peaks make large and small valleys.

Birds, all kinds of wild animals and flying insects are living in this valley like any other valleys. In the spring, the wild-flowers bloom beautifully, and the butterflies fly after chasing the flowers. Yellow butterflies, white butterflies, tiger swallowtails and swallowtail butterflies were flying. The white butterfly used to make a beautiful line like an artist with a unique gesture and performed a work of art flying over flowers and plants. The tiger butterfly danced to express grandeur, and the swallowtail butterfly added grace and refinedness.

This story begins in this beautiful valley. This valley is a place where the mountains that are not high in the right and left are surrounded. There is a layer of rice-paddy field in the middle and a deep valley turning back to the left of this rice-paddy field. This valley has always supplied plenty of water in farming seasons. The water was always plenty, because the surrounding mountains collected rainwater and slowly released so, the water was always plenty.

The village where the people live is located behind the right side of the field. The rice-paddy field of this valley is located higher than the country village. But both mountains are blocking the wind, and by the slopes of the southward fields, all the fields are able to get enough sunlight all year round.

The legend was started here. The legend that creates beautiful memories and loves everywhere it goes was started from here.

It was an early spring day. The land of the slope hasn't unfroze yet because it has been frozen all through the winter. People didn't come to the fields because of the cold weather. Sometimes, when a cold wind blows even in the noon, the roots and the bottom of the dried grasses were shaken as if they get goose bumps.

Suddenly, there was a silence. It was so quiet. The birds stopped chirping and raised their heads, the insects stopped crying at a moment, and stopped the rustling sound. Silence got deeper. The forest seemed to stop breathing, the wind even stopped by the sudden silence. The very deep silence was lonely and cold. However, this silence was somewhat different. The silence that even has mysterious feeling was gradually getting heavier. Even a rock on the roadside was about to wake up by the heavy silence.

At this very moment, there was a special warm wind blew from the high sky. They could feel a special breath that couldn't be expressed in words. All creatures of the forests looked up the sky at once. There was a voice echoed in the sky.

"I have a special plan. I have a very special plan. All creatures in the forest, listen and ponder. I have decided now. I am going to show my special love to my sons and daughters……." The voice continued.
"I want those who are willing to join in this work to ponder and be with me. One field will be in charge of it, and all will be blessed. Ponder my words deeply."

A gentle breeze of infinitely deep and comfort once blew over the whole valley and this deep silence disappeared as if it was absorbed into the high sky. The wind that calmed down slowly blew again, and gradually the original biting cold came. At this moment, the calm silence was broken, and all the forest was loud. The birds started to discuss what is happening to each other. An elk running around the forest was busy telling this news to the wide forests. Grounds were busy talking each other, laughing and running with its unique playfulness.

"What's going on? Is it something we can do?" They were busy wondering and giving their opinions.

"It must be something special. We always used to use depending on people's needs, can we really do this important job?"

"I can't!" Some grounds gave up in the middle of the discussion.

"Why?" A field right next to the ground asked.

"I already have become desolated and useless field."

"I can't do it either, I'm too one-sided, and if it rains heavily this summer, half of my field would be washed down to the valley under the hill!"

There was a lot of noisiness all over the field with complaining their situations, giving sullen words, and devising various things here and there.

As if they don't care of the sound of the cold wind, the discussions of the fields, the trees, the stones, and the forests were continued. In the meantime, numbers of giving up fields were increased. "I have too many stones.", "I cannot be used for the beautiful work because I have too much plastic.", "I cannot do it because my owner is too lazy." These kinds of discussions were near the end.

No fields, no trees, no stones was concluding that there is a hope. However, this opportunity was not really a common thing so everyone was regretting.

Just like that, few weeks passed, it was about the time all creatures of the forests, valleys, and fields were exhausted. One field raised his voice and said,

"I will try to do it." At the moment, all the members of the forest turned their heads and looked at the field. The field was surrounded by large and small stones, and it wasn't well ridged, so there were some stones larger than a fist in the middle. It was really tacky field. Even there were large rocks in the middle of the field.

Everyone opened their mouth.

"What? You are going to try?"

"Did you look at yourself?"

"Your field is uneven and you have lots of stones on your field. How can you do it?" A field next to him added.

"Even your owner is old."

"She is a grandmother who lives with broken heart because her children didn't care of her."

"How she could do such a big work?" Everyone was adding words with worrying voice. The ugly field that doesn't give in to it spoke with determined resolution.

"I'll do it. I will do it no matter how hard it will be." The voice was so big so elks sitting together and discussing were surprised and turned their heads and looked at the field in the middle.

The grounds and the valley were surprised and slightly trembling. All the stones, animals and trees in the forest looking at the field were worried and whispered. Then, they started pondering three days and nights. Then all the families of the forest understood the meaning of the noble mind of the field. It was nothing else but a determined will to practice his love for a very noble and pure endurance. All the grounds that understood it trembled three days and nights. They trembled with a heart filled with comfort and hope. Some times in the middle, some grounds looked back at their lack of courage and showed thanks to the protagonist who offered the chance of all forests being blessed. The tremble of the grounds soon turned to a wind like whistling and flowed to the valley.

Big and small trees in the forest sang together like beating the rhythm to the wind.

"Glory to the one who has infinite love in the sky.", "Blessings to the field who has love and hope of noble and pure mind on the earth."

This song flowed in the Valley like an echo. In the morning, dew that woke up on the grass sang, and dried silver grass harmonized in the noon. The valley where this song resonated was in a joy with hope and delight for weeks.

"We will complete the work no matter what will be given to us."

"We will deliver this hope and joy to people."

"We'll be a role model of the forests."

"It will be a legend."

"We will cherish our choice for a long time as the joy." A bout of a long excitement swept over the forest and the valley. And it was when everyone finished determined preparation.

The unknown silence came back to the valley again. And a very benevolent voice was heard.

"So, have you made a decision?" The whole ground responded joyfully.

"Yes, we have decided with joyful mind."

"I see. Then who said to do it?" Sooner said than done, the ugly field answered in a quiet voice bashfully and diffidently.

"That's me. I am not good enough, but I will try." Then a voice with hope and love was heard.

"You are good and warm-hearted. Your tender voice sounds louder than the lightning in the sky! Yes, you will surely be able to do it. Do not lose your courage and achieve it. Thank you very much all for showing your good willingness. When I unfreeze you with the warm spring breeze, consider it as a sound of the trumpet that tells the beginning and start the work. Your joy will be full and blessed when harvest. I love you all." The voice was ended with it and left a deep warm impression which was warmer than the spring breeze and disappeared into the sky.

At the moment, all creatures of the valleys were giving themselves to the blessed wind that was poured out from the sky. Like a puppy crouching in front of the fire in the cold winter, they were feeling the blessing melted in warm and blessed winds and sentimentalized over the deep impression.

One by one, awakened creatures from deep blessings opened their mouth.
"Well, let's do it together."
"I'll do my best."
"Me too." Raised voices were heard from here and there. The ugly field that heard these voices was shy like a reddish child and thanked to all bashfully.
"Thank you, I will do my best." Everyone answered.
"Yes, yes!"
"I know you can do well."
"We know well about your beautiful heart."
"For your old owner, you let the tough grass grew outside of the fields and let the tender grass grew inside of the fields."
"We knew when a big grass's seed flew from a distance and it was so hard to cut off the tall grass for your owner, you were really sad and sorry."

"You can do well." the handsome field next to the ugly field said. Roadside field also added.

"Yes, right. Your pure love will make people to feel warm and happy when they eat crops grew in your field."

"The crops you make will be used for the most beautiful work in the world."

"You richly deserve it."

The ugly field said, "Thank you all." And he fell in thought.

He has been sleeping for a long time, so he thought no field was looking at him and didn't like him, but it seemed they were looking at him from corner of their eyes. While comforting each other and making up their will, the dark and fierce space of the cold winter warmed up with wish and hope. They were excited like children going on a picnic.

All seasons always come back! Warm breeze of spring telling the beginning blew. The fields unfroze earlier than usual. People thought it was an unusual weather caused by global warming. However, the forest and the valley knew. They knew that the weather had warmed up earlier for the special work of this year.

They wanted to tell people that the warm wind and sunshine that came in a few days earlier felt sorry for coming late and warmed the valley. However, they remembered that people cannot hear their voices and so they started singing at the same time.
"This is not a strange thing."
"It is not a bad thing either."
"This is not and unusual weather."

"It is the grace of the sky, the gift of the one who loves people."

"A miracle will happen from it."

"The one's word who has planned very special work always happens."

"Meet the early coming spring delightfully."

All the forests sang and then the birds and the elk also added chorus.

People living busy under the hill felt some warm energy and raised their heads and looked at the field on the hill at the same time. For some reason, the field that was usually tough for living was felt some unknown mildness that day.

The fields looked shine brightly as if the golden wave of autumn had already fallen down on the hill. When they stopped thinking and looked at the field, they felt unexplained bliss came into their hearts. Serious talks that they were having a while ago were forgotten, and somehow only pleasant feelings were left. The villagers under the hill turned their heads and back to their daily routines with the joyful feeling.

It was not yet a time to start farming. But they were wrangling over the time got warmer than usual. Some people said that they should plant crops a little earlier. And others said that they should plant crops as in the past year. Some of them commented on whether some crops could be planted as soon as the weather gets warmer.

Among the people who discussed, the owner of the ugly field was also with them. She was just listening quietly without any opinion. The ugly field's owner had no intention to think about farming yet. Because she was distressed by her family matters so she just came out for fresh air. She was just soothing her painful mind by listening to the neighbors silently. Usually most parents who are raising their children have pains caused from their children. So the owner of the ugly field thought the same. Actually in her mind, she was being thankful for being able to raise all of her children and give them in marriage even though she was lack of many things. Now she got older and became a bent grandmother and she was living day by day with sigh and resignation looking back at depressed herself.

It seems one of her children called again today. As always, the phone calls from children start gladly, and become complaints about their lives. Then, when it's carried over into their complaining, they blame the grandmother who couldn't be educated enough, and couldn't afford to teach her children properly, and complain about the reason why they always have a difficult life. Whenever they do that, the grandmother used to agree with them.

"Yes, that is because I couldn't be educated enough, and I was fool. What can I do? That's the situation. I am sorry. Try your best though. If you try harder, a better day would come some day!" The old grandmother used to speak the same. One of her daughters called again today so she was ill at ease. There was something that cannot be swallowed even by years of experience. A few years ago, she had a hard time because of a huge fight with her daughters on the phone. It was already a dim memory. It was about five or six years ago.

....

Her daughters called her by turns on the same day, so the old grandmother's heart was breaking. She hardly hung up the phone and laid down feeling sick. She was so hurt because of the complaint of her daughter who called in the evening. Since that day, she has been bedridden for a few days.

Houses in farmhouses usually have a yard and a gate. The old lady is poor and doesn't have a nice house. Although it's not a good house with a big and wide storeroom, but it was her habit to always keep the yard clean. It was a habit and also a strict rule she wants to keep with her life that she trained herself by clenching her teeth in fear of that people look down on her family because she became widowed such a young age.

But she didn't sweep the yard for a few days. The gate was open too. People passing by the house once in a few days sticked their head out and peeped. 'Did she go somewhere?' 'The neat yard is grass-grown.' 'There is no sign of anyone inside…… There is no cooking smoke either for a few days.' People were wondering about her whereabouts.

The old widow was aching all over and hovering life and death. She forgot to eat, and even forgot to go to the bathroom. She was only concentrating on how she would accept the pain had come to herself.

Her body was burning with fever. She was able to stand the cold without the heating because of her fever. Her throat was chocked, so she didn't need to go to get water. Her chest felt suffocating as if a rock was pressing. At this time she thought. 'If I were educated well when I was young, I would have known what to do in this situation. I can not help myself because I'm uneducated!', She was just gazing at the sky in a deep sigh. On warm day-time, she hardly got up and went to the bathroom, 'How many days gone?' What dates and days were out the window. 'What if I think of it? No help whatsoever.'

She just looked back her burning body. She felt more of cool and refreshing as the cold wind came into her body, but her weak body felt tired soon. She had to go into the room. She came into the room and covered her body with the blanket and laid down. Her body temperature was warm again and she was able to withstand it. Then she fell asleep. In a few days, she fell asleep as if she blacked out.

The night was exceptionally windy. The bamboo in the backyard also made a bleak sound and shook. All of the persimmons that were left for magpie fell in the wind. The burst sound of persimmons falling from a high tree woke her up.

All parts of her body felt aching with the cold. 'It would have been better if I woke up tomorrow morning instead waking up now.' she thought. In the pain of teeth shaking, she thought. There is a medicine somewhere, but she didn't want to care about it because she couldn't have meals for a few days. No, it would be more accurate to say that she just wants to give up.

She accepted the pain squarely. She was thinking herself as who went to the exam, and accepted the pain squarely. For her, the exam is the scariest thing in the world. It is the scariest thing. Because it is that she is laid bare to the world so, it's the scariest thing in the world. 'I can do farming, but I do not know the letters.' She was just scared about her ugly side would be brought to the light. Maybe it was a night she felt being illiterate was a bigger flaw than being the widow or being poor.

She accepted the pain with her whole body thinking about if her children who were born from this uneducated mother went to the exam, and they would have been so trembling and painful. She was accepting the pain thinking about if her children who are fatherless would have felt so cold like bone chilling when they were teased.

The wind got stronger and something fell down in the backyard. She heard sounds of something was broken, and a nickel-silver washbasin blowing in the wind and rolling. She was able to hear the sound of the backyard so well because the wall of her house is not thick.

Now neither the cold nor the pain was a problem. She couldn't clench her teeth because of the shivering pain. It seemed like she could hear sound of gnashing teeth. And a while later, she was burnt-out and lost consciousness. She felt she was falling down and down, and lost consciousness. Suddenly, consciousness came back in pain, and it was repeated a few times going and coming back.

Suddenly a silence came. The wind may have stopped suddenly, but for a moment, the body felt hot and the pain was gone. Everywhere was dark and quiet. At that moment, the idea of 'I am grown up.' passed. And she remembered her mother. She thought about 'How would my mother have passed this moment?' but she couldn't even guess. But she only remembered her mother who prayed everyday in front of freshly drawn water. Only then she realized. She realized that her mother prayed sincerely for her. Of course she knew that before. But it was the first time that she acutely understood and felt in heart.

It was late. It was too late. Her head was suddenly filled with bright thoughts. At one point, she remembered what her mother did and how mean she was to her mother. 'Yes. I was the daughter of my mother, too. I was a mere daughter, too. My mother would have been a daughter someday, and how she could have lived so hard and difficult life!' Thinking about her mother gave energies in her heart. 'Yes, I had a mother. And now, I am the mother of my children. It's a good thing I know now. I will forgive everyone!'

'I will admit my inadequacy along with my mother and just pray for my children's future in my heart. I understand how their lives are hard so they say harsh words to me.' This thought made her heart cool and her head clear like the enlightened one. Then she fell into a deep sleep.

It was the next day. She was sweeping the yard in the morning sunlight, pulling the grass, and cleaning around.

The villagers passing by asked after her. "'Where have you been?'"

"I was worried that something had happened!" They asked.

"Yes, my children called me so I went. I'm back so late because my children showed a lot of good places and bought a lot of delicious foods." she answered this way. And she was also surprised. 'How come the villager who usually said gossips about her in front and back asked after her in the morning passing by?' And she was quite proud of herself responding with a white lie. In the past, she would have said hiding her sadness or telling her children were mean. But now, she tells a white lie readily!

She was in happy mood and forgot that she was sick until last night. 'It seems to me that I have become a real mature adult who does not fight myself, nor fight with my children.' she thought. And, she accepted her children's complaints all with equanimity for a long time.

....

However, the complaint of her children was not repressed today. So, she is repressing the pain. She was deep in thought. 'I thought I became a mature person five or six years ago, but I'm still far away.' She was thinking that and just listening to the villagers talking.

She couldn't repress her sore heart whatever she tried so it was the moment that she was realizing all thoughts that she had grown in some parts during the last time were in vain. She thought the fields she looked up at a moment ago seem to be exceptionally bright today, but she didn't feel much because of the sore heart.

She was spending time talking with people silently. When she was resigning her own inadequacy, she felt some cool winds were blowing from behind the back. She stopped working and stretched her back, turned her head and looked back. The trees or grass at the back were not shaking at all. However, she felt the cool winds blowing. She thought 'It is strange.' and finished working with people and walked up to her house. When she almost reached to the house, she suddenly wanted to go to the field. So, she went to the field where is not so far from her house.

She turned around the ugly field and was staring at the ground. The grass that survived from last winter was still in some places, and she found that early spring weather unfroze the ground early.

She planted spring spinach and harvested, and then planted perilla seeds last year. The time to plant the perilla was mostly after mid April. The date was not exactly fixed. When the villagers started planting, she followed them. She was stretched thin because she is old, but actually she didn't plant them first because it might be wrong. She always planted after a few people planted. Then the result was moderate. If it is too late, the harvest is less, and if planted too soon, it could ruin the farming in the summer typhoon. So, she always plants halfway through the farming season.

Planting perilla was not particularly favorable. It was because it grows well on the barren ground compared to other crops. There was no other alternative for her because she only has the ugly field. She planted the perilla in the middle of the field and planted other crops she needed at the edge. Eggplants are grown in summer, so she used to harvest and cook it when her grandchildren visit. It was a pleasure just to see her grandchildren eating with relish. And, she picked the perilla leaves and served them with soybean paste, or picked green pepper from the pepper tree planted next to perilla, and that was all on the table for her grandchildren. Somehow, she thought she should plant sesame seeds for this year.

Thinking about last year, she was deep in thoughts and laughed a little. It was a faint smile. It was a little grumbling from her grandchildren. She remembered her grandchildren saying

"My grandmother always gives vegetables only." From thinking about that, she thought she should buy some meats beforehand and give it to them this summer.

Suddenly her mind was busy. She wanted to plant a lot of things in advance and harvest and feed her grandchildren when the time they come.

She looked back the field and moved quickly. She went to one of the villagers' house just below who has nasty temper and condescending attitude but also a lot of knowledge of farming. She doesn't want to hear that she doesn't know well about farming until this age, so she has been being self-conscious, but she didn't want to do the same this year. She was thinking 'I have to learn everything one by one and I should prepare well for my grandchildren even if I would be insulted.' So, she went to the nasty lady who she was reluctant to meet

"What's up?"

"Hi, I came to ask you a few questions."

"What sort of?"

"Please let me know exactly when I should plant vegetables. This year, the ground is unfrozen earlier so if there is any crops can be planted early, I will." Sure enough, the old lady scolded her.

"So, you didn't even know that yet, and you have been farming? I thought you knew well, so far you planted in the middle of farming season." As expected, scolding and harsh words came back. However, those harsh words didn't come close to her heart that day. She didnt care about the scolding and asked some questions, took a note and came back home.

Time has passed. As time passed by, she felt her heart was getting warmer gently. She felt herself was returning to the heart when she was a young girl. The body has no power, but she felt her heart was getting purer and younger.

It seemed that the self-tormenting mind from being uneducated was being reduced gradually. Every morning, the air felt fresher. She felt like she was getting younger day by day.

She prepared farming tools and seeds. In the past, she just tried to follow other people and did the farming but this year, she is trying to do farming according to her own plan. She looked into the paper with uneven handwriting and thought about her own field every day.

Although she has been farming for a long time, but now she is making the whole plan for farming, and everything feels new. She felt headache several times. Whenever she felt headache, she pushed the note away for a moment. She struggled for a few days and found a surprisingly simple answer. It was 'Not to think about everything, but only think about what she can give to her grandchildren, and arrange crops to be harvested at suitable times.'

She always used to harvest vegetables and send them to her children. However, busy children couldn't eat even the perilla given by their mother and threw away. She always felt sad about that. But somehow she wasn't upset this time. She thought 'If they cannot eat it all anyway, I should sell sesames and give my grandchildren something they want to eat.' Even if the harvest time is not suitable, she decided to use her pocket money first, and sell sesames to make her pocket money again. For some reason, she felt relieved and happy just like a student who had finished an exam.

She grabbed some things and went to the field. On the sloping part of the edge of the field, she planted pumpkins in order to eat leaves with her grandchildren in summer. 'I will make green pumpkin pancakes when the pumpkins come out, and I'll blanch the leaves slightly to give.' 'This area is high and cold, so I should plant early.' She planted one by one. She started planting everything a few days earlier than last year. And then, she came to work first to the field in the village this time.

Although she was the only one doing the farming, for some reason, she only thinks that her grandchildren will eat delicious food rather than thinking that the crops will turn out ill. After she planted some crops, the sun went down to the west. She wiped sweat off her face and looked at the seeds and vegetables she planted. 'oh, can these crops grow well?' For the first time she was actually worried.

The ugly field felt her looking at him blankly and said to her.

"It's okay. Don't worry. I will raise the crops well."

"I will ask the Mother of the Earth, and I will ask the wind and clouds flying in the air, and I will ask the sky to rain, and to ask the wind to blow at the right time."

"I will get the energy of joy from the sunlight at daytime, moonlight and starlight at night and raise it well."

"When the vegetables are ill, I will make the essence and help the ill parts to heal." The ugly field said to the owner of him. However, she couldn't hear the voice. A stone around the field who was watching this scene started to sing.

"Don't worry, everything will be fine."

"A very precious thing will happen this year in this field." "The one who is the origin of love blessed this ground." After the stone sang, all creatures of the whole valley chorused as if to reply.

"Don't worry. The doer of pure heart."

"We will protect this ground together."

"You will receive a precious gift coming from our heart." They repeated same words and sang rhythmically. The whole valley sang changing pitches.

She suddenly smiled, gazing at the sunset's reflection in the dew on the blade of grass. At this moment, soft and warm winds have come from somewhere. It was very refreshing winds. Somehow the day's fatigue seemed to be washed away. She walked down to the house with very light steps.

All the creatures in the field and the forest kept singing to her back while she was walking down. They sang a song of beautiful love and hope. The song continued until everywhere was completely dark. When it got completely dark, warm energy came down to the whole forest and the valley like a festival. All creatures enjoyed the warmth and gladly fell asleep in the evening.

The seeds planted in the field began to have a deep dream. They dreamed about when they sprout and germinate, so they tried to feel the nature of the field where they planted, and they checked other things. They were busy with enthusiastic hearts, thinking about the whole process of their lives of making leaves, blooming, and bearing fruit. They heard some information about the environment where they are planted from the ground, the grass and the surrounding forests. They heard stories of when typhoons come, when the droughts come, when the sun is too hot. The seeds didn't stop thinking even in the moon rising and starry night and fell into the deep dream. They were feeling the moonlight as a blanket and starlight as a mood light and fell into the happy dream. This dream was noble. It was a dream with a deep echo that they grow up and will be used beautifully for people.

Most farmers know. In how many days the seeds sprout, the leaves are out and they harvest. But they do the final thing with their own feelings. Whether the crops need more water, they need to weed, or they need more manure. They make the final decision on their feelings after all. That is why farmers often look into their fields.

These farmers' care, the vegetables in the field feel that the farmers take good cares of them. They feel that they are being loved by people. So, the leaves of the vegetable are more refreshing because they grow happily.

She often went to see her field differently than usual. Unlike when she just looked around the field and went down to the house, she sat on the field, weeded out plants and did farming chores. Then, when she felt tired, she stretched her back, took a breather and looked at the field. She felt some kind of warm feeling differently than before.

When the sprouts came out, she approached to touch and said that they are beautiful. She didn't know that before, but she noticed that she was treating the vegetables of the field like plants inside house. She was just delighted. She couldn't touch all vegetables at once, so she touched the leaves that caught her eyes and looked around the whole field with her warm look and she gathered more soil if needed, covered roots and weeded.

"Thank you." said the sprout. However, she couldn't hear the voice. She just stopped doing what she had been doing for a while and looked at the vegetable in the spot where she had passed. Somehow, the field she had passed looked pretty like trimmed dog's hair. She smiled a little and kept farming again.

The stones, grounds and the vegetables on the field started singing together.

"A great thing will happen to you this year."

"Don't worry. We'll grow up well."

"Right, Right. We'll help. We'll help together." The forest and fields around the ugly field added. The pine tree in the forest sang.

"When it rains, we will collect a lot of rainwater."

"And slowly put it out for your field."

"Right, Right. We'll help together." The ridge continued singing.

"We will prevent strong winds from blowing in your field." "Don't be afraid. Enjoy every day. There will be a blessing to you this year." Like in return for the song of the ridge, a gentle breeze blew from somewhere. She finished her work and smiled delightedly. She stretched her back and wiped the sweat off her face feeling the cool and gentle breeze blowing from somewhere. She went down to her house with some kind of rewarding feeling as if she had done something great.

The sprout grew, the leaves came out, and the white clouds of clear sky passed over the vegetables that grew up tall. The picturesque blue sky spread out. The clouds looked at the ugly fields in the high sky closely. And said.

"You look exceptionally bright this year." the field responded,

"I think that's because the owner takes care of me with a special love." No sooner he said than friends in the valley said

"A great blessing will happen to us this year."

"We heard. We've heard the voice of the one who is always being with us."

"A very special and great thing will happen to us this year."

"That's why the field is shining." The ugly field was shy and humbling. The cloud said.

"Yes, yes. I know. The rumor has spread so far. It has spread to my hometown where clouds are formed. So I looked at the field closely." The cloud kept saying.

"My calling today is to give a little shade to him. Next time when I come, I will bring rain and release for you." The grounds responded.

"Thank you." The clouds drifted with warm smile wistfully.

Like any other years, she planted seeds in the middle of the field. This year she planted sesame seeds. The sesames grew tall and bloomed beautiful flowers. At first glance, it looked like white, and when she looked closely, it bloomed beautiful flowers that were slightly tinged with pink. It seemed it resembled the nature of the ground, so it looked to resemble a shy and redden smile. Bees were flying and insects were also flying. As always, everyone was working hard. Bees and insects were collecting honey, coating their legs with pollens, flying flowers around here and there, pollinating them with pollens.

The ones who were making fuss went away, and by the time they got a little bored a white butterfly flew in.

"Sesames, I have something to show you." said the butterfly.

"This is a gift for you." The sesames turned and looked at the butterfly. The white butterfly flew back and forth to limber up. After that, the butterfly started to fly with her newly created curves. It was a beautiful and elegant flight as if the dancers on stage were dancing. Butterfly whispered.

"How is it? This is my new motions made for you. This is entirely for you only." The butterfly kept saying.

"I have been thinking to make it for many days for your noble journey. I will do it on your field. I have put the new long turn in the last. It is the motion of worship for the one who blessed you. And right after that, the soaring part is for you. It is a flight to praise your progressive soul after a beautiful journey." The sesames said in return.

"Thank you, Butterfly. That has so deep meaning. Somehow, I thought that your flight today was unusual and beautiful." The white butterfly flew through the ugly field and showed her work gracefully. Since then, white butterfly flew every time when sesames were bored to show her flight and delivered news from a distant place. By her favor, they were able to relieve the boredom.

Time has passed. It has been in a festive mood but time of trial has come in the valley without exception. Heavy rain fell. The water in the valley had risen and it was deserted. Animals went into their caves and some animals without caves were crouching and enduring. There was no alternative way but to endure this heavy rain. In the heavy rains, the fields at the edge of the hill fell down here and there. Some fields washed down in muddy water. Soft soils were washed down, and some fields with rough stones were seen all over the place. The ugly field was also struggling in the heavy rain. And then, large stones at the edge of the field said.

"It's okay. We are here."

"Don't worry. We are sticking deep in the ground." The field got a little consolation from the stones'words but he was still crouching and trying to protect himself. The wind blew hardly. Tall plants here and there broke and fell. There was only agonizing silence in the valley. Everyone was struggling to survive. Soft vegetables and the plants couldn't lift their heads because the rain fell too heavily. There was only agonizing silence.

At this moment, one sesame started singing. This song was just a humming to himself at first. Then the whole sesames sang.

"It's alright. Let's stick to it. We can do it."

"The one who has great power told us."

"There will be something very special this year."

"He certainly keeps his promise."

"We'll be able to do it."

"It's okay. Stick to it." The sesames shouted and sang all together.

The pigeon crouched in the forest was surprised by the sound of the song, and lifted his eyes to the sesames. There was a little humming of the vegetables in the fields here and there.

"Yes, it's alright. We'll be fine." and the humming became a loud sound and resonated in the valley.

"Stick to it. Let's stick to it."

"We'll be able to do it well."

"We can do it."

"We have a special plan this year."

"The one will be with us." A pheasant in the rain also seemed to be excited and he cried "Caw~" "Caw~" like a witty reply. The tiresome rainy season was over and rain thinned like a response to the song of the valley, the wind softened too. The sunlight slowly shone through the clouds. All the creatures of the whole forest cheered.

"Wow. It's over!"

"We did it." Roars of cheers came from everywhere.

At the end of the long rainy season, the sun was shining after a long time. People wondered if the crops were unharmed after the rainy season, and the villagers came to see their fields one by one. All the plants of the whole valley smiled brightly. They wanted to show people that they withstood well. They smiled like young children brightly smiling and laughing. People looked around their fields and took a sigh of relief. They were relieved seeing their fields and vegetables which were not significantly harmed than expected despite the heavy rain.

People who looked at only their own fields suddenly looked up at the whole valley. The white butterfly was beautifully flying and celebrating. She was flying high above red dragonflies. Sometimes she wanted to get people's attention, so she flew in front of people and stopped for a while. She flew over here and there. There were some insects drinking in a tiny puddle. They were moving their beautiful wings.

People felt. It is not yet time for the harvest but the valley is exceptionally bright and soft like the golden wave in the harvest season. People smiled in spite of themselves and the worries in their hearts disappeared. Remained complicated family matters have disappeared too. They pleasurably went down looking at wildflowers bloomed on the way down from the field and said they are beautiful. Some people picked vegetables that they would prepare for family meals and went down with the vegetable baskets.

The vegetables felt. They knew that people would eat their leaves and fruits that they bore gladly and for a moment, they would forget pains of their lives. The vegetables sang together.

"Thank you. Thank you."

"You're the men who receive the eternal one's love the most."

"Our love endured the storm was not in vain."

"We will be in the consolation and the love of the eternal one."

"Thank you, you'll be happy for a long time."

"Someday you'll know. The moment will come when you realize our efforts and love."

"We are singing today gladly."

"About the endless love of the eternal one, until you realize." The beautiful song spread over warmly. The whole valley was full of a big thrill like the first love. The warm sunshine also added. The warm love covered the valley and lingered on for a few days.

People had pleasurable conversation with their family eating vegetables from their fields. Somehow, the words that hurt each other didn't come out well. Rather, they felt that they were happily making agreeable responses despite of themselves if they had something pleasant. Sometimes some of them were surprised by their own words. Whether they ate delightful and pleasantly grown vegetable every meal, they started living with good words.

It was a clear day. She had breakfast and about to do the dishes. A magpie on a tree was particularly welcomed and chirped. It seemed like something good would happen today. She got a call from her daughter.

"Mother, I've got some time to go with my child, can I go today?"

"Yes, you can come today." she replied. Her mind was busy. She took out the meat that she bought a few days ago from the refrigerator. She hastened to go to the field. She went to the field and picked some vegetables. She came back and boiled rice and prepared the vegetables. After preparing the vegetables, she started cooking. She would have cooked according to her favorite recipe as usual. But this year was different. She prepared a different recipe that young children would like to eat. She put some eggplants in the steamer to steam, and cored some eggplants and put some other ingredients and cheese and baked according to the recipe that the children like. She also fried some eggplants in a greased pan for her daughter. It can be known just to see the eggplants dishes that she was preparing all dishes fully ready. She wanted to do well because her daughter only comes once a year. She was intent on cooking for a long time.

She heard a car and a loud noise outside. She gladly went out and saw her daughter and grandchild were just getting out of the car.

"You are here."

"Good morning grandmother." For some reason, her grandchild greeted politely. As if he grew up in the meantime, he greeted politely. He said like "Hey Grandma!" last year that he seemed a little pretentious or pretending to be a naughty child. But this year he folded his hands and bowed.

"Mom! Hi, How have you been?"

"Well, I'm fine with no worries. Thank you." "You've come a long way, so let's get in." She went into the house and her daughter followed abashedly. Because her daughter felt that she meant it was not actually distant but she didn't come to see her often.

They sat around the table. The grandchild Shouted.

"Wow~ Grandma, Did you made all of this?"

"Yes, right. I made it."

"It is so cool." Her grandchild replied. He ate a piece of well-cut eggplant with cheese, and an exclamation kept coming out. He looked absolutely delighted.

"Wow, you've gained a lot of cooking skills, mother."

her daughter said. She said it looking at the dishes of eggplants, fried pork with red chili paste and other dishes in the plates which were decorated with the vegetables.

"It's the first time to know my mother can cook like this.",

"Yes, I've worked on it some." She said.

Looking at her grandchild and daughter enjoying the foods, she was pleased. She felt worthwhile preparing for a long time. She had a good time talking and eating with them. She doesn't even remember how long it has been when they had such a good time like this…… She thought for a moment, but she couldn't remember.

It was time for her daughter to go. Her daughter said.

"Mom, you didn't wrap foods this year."

"No, why would I? You don't want to be bothered to take it home and you can't eat them all and throw away anyway. If you need anything, just take some as much as you want. I will bring the sesames to the market to sell for pocket money and do my hair too." She replied.

"Wow, my mom became very refined." said her daughter.

After the delightful meal, her daughter and grandchild drove away. She stood watching the car disappearing. She felt very relieved after a long time. She felt as though a heavy burden has been lifted off her chest so her mind felt cool and light. After her daughter's car disappeared completely in her sight, she went back home.

The birds were chirping and a mantis was flying. The fresh wind was blowing through everywhere in the valley. A thrill being beyond expression was coming down to the ground from the high sky gradually. All the creatures being busy in the valley were frozen in a moment. And there was a deep silence.

This thrill was not something could be expressed. They've never felt this thrill has sat down in the valley. All creatures enjoyed this thrill in deep silence. Something good seemed to happen. However, they couldn't easily guess what it is. They've been thinking for a long time, but no one could tell. They just felt a deep and noble meaning. All the members of the valley looked at each other. Nobody seemed to know. But everyone knew that good things would happen to each one and that it would appear through life, and that it was a noble thing to learn and awaken through life. No one was talking. Everyone knew by intuition that it is the time.

They were holding their breath and waiting. The energy of blessing came down from the high sky. The whole valley was grateful and joyful. Before long, this extraordinary energy condensed into the ugly field. The ugly field was so utterly grateful so he couldn't say anything. The usual shy face seemed redder than a red apple today. This energy, which is beyond expression, contained a special freshness and vitality. This extraordinary energy was quickly absorbed into the sesames' bodies and the kernels. Only then the members of all forests noticed. They knew the sesames would be harvested in a few days, and they would leave them and begin a long journey.

They could clearly see that the protagonist of these special blessing was these sesames. They had guessed that the sesames would do great things as they've seen their usual attitude. But, they didn't know that such a special and clear energy would come down like a gift. Everyone in the forest began to get themselves sorted. Then, they silently said goodbye to sesames.

On a sunny day she went to the field. And, she cut the grown sesames and carried. She tied it up in a suitable size and put on the edge of the field. When the sesames are dried, she will thresh it and sell in the market. She set up the sesame sheaves, looked down and said.

"Thank you. I think I'm glad because of you." she said it in spite of herself. Sesames replied.

"Thank you. Now we will go on a long journey. We don't know where, but there will be people who will use us beautifully." The sesames sang.

"Thank you very much. We have had very special days because of you." As if she heard this song, she stopped going down and turned around and looked at the sesame sheaves.

She lied down for a few days. The pain on her waist acted up. However, it seemed that she had to thresh the dried sesames today. So she went to thresh the sesames dragging her painful body. She spread a net and threshed the well-dried sesames. She threshed the half of sesames, and her back hurt again. She lamented her misfortune. She was sick and tired of the misfortune so she was complaining about her life to the sesames. And she thought what she was doing with sesames who don't know anything. She stood up wiping the sweat off her face to stretch her back for a while. At this moment, the sesame started singing together.

"Cheer up. You can do it."

"Cheer up. You can do it."

"You are more precious than you think."

"The one will remember you."

"We were born for a special life."

"The one who is kind and have much love will remember you specially."

"cheer up." She stopped stretching her back and looked at a distant mountain, and she suddenly felt strength of piece was filling up inside herself. Her back was relaxed like an ice melting in warm water.

And some unknown power was filled up. She took breath a few times, moved her hands and feet, moved her waist, and then she threshed the sesames again. After she finished threshing sesames and put them in one place, the sun was declining on the west mountain. Then she wiped her face sweat and went down to the house.

Rural market is always crowded. It is crowded with people who sell things, people who come to buy things. There is still the idea of people that they only can buy fresh things when it's market days. There was an oil shop on the side of the crowded rural market. This shop was a very old one. It has been here for over 40 years at the same location. Whether the skill is good or this job is still useful, an owner of the shop was still living a good life. Pressing oils with sesames that farmers bring and selling it to vendors makes pretty good money. When he nicely press oils and put it in bottles, vendors come to buy this oil from all different cities. Some of them buy on the way passing and others became regular and come to buy. For these and other reasons, this shop's oils were being sold out so quickly so they always don't have any oils in stock. Then, somehow, the business was not good these days. As the proverb says, if the owner is sick, the business does not work well. After the owner got old and sick, the business has been not good.

The grandmother came in. She pushed the door and came in. The owner was sitting on a chair and stood up greeting.

"Hello! What can I do for you?" She replied to the owner.

"Yes, I came to sell sesames." the owner looked at her with wondering eyes.

"Sesames? Don't you give it to your children?" She always put her children first so her children always had the sesames. The owner knows her miserable situation so he was wondered.

"Yes, this time I need some pocket money······ I wanted to do my hair, so I bore shame to bring them." she said.

The owner of the oil shop approached a shabby sack she had put down.

"Oh, you've brought this heavy thing all the way to here." The owner knew she has been suffering from her back pain from a few years ago. When he opened the sack, the sesames met the owner's eyes.

When the bag opened and the light came in, the sesames started singing together.

"You will be blessed."

"We were born for a special purpose."

"You will be greatly blessed because you met us."

"Please be glad to welcome us." Sesames sang delightfully like excited children. The sesames in the eyes of the owner looked so fresh and different from other sesames. The owner took the bag and weighed it and calculated prices, and took out some money from his pocket and counted it. He was about to hand over the money, but suddenly he took some more money out of his pocket and gave her. She put the money she had received in her pocket and kept saying "thank you" and disappeared to the market.

The sesames started singing again.

"You are a very warm-hearted man."

"The one who always watches will remember your touch."

"You are a good man."

"The one who always watches will bless you." Sesames kept singing in thrill and joy.

Time passed a little. People came in continuously to the quiet oil shop. It was getting crowded with people looking for oils and people selling sesames. The owner, who has been working busy for a long time, smiled at one customer who just came and said. "I am sorry. All oils I prepared ran out today. I'll make sure I have more oils when you come back tomorrow or next time." He kept saying 'sorry'. It has been a long time. How long has it been since the last time oils ran out and he couldn't sell? The owner of the oil shop thought about her who came in the morning. 'Right, I did a little good deed, and I got rewarded greatly.' With a heart of gratitude, he fell asleep.

The next day, He got up early and opened the shop and finished cleaning. And then he needed to check the machines and press oils. Because he sold all the oils yesterday. He was putting sesames in oil press machines, and he suddenly thought about her sesames which he bought yesterday. He ran the other machines, and he approached a new machine. For some reasons, he wanted to clean this machine once more. He started cleaning the oil press machine once again. Then, he looked back himself cleaning machines again. How long has it been? He felt a thrill of the very early days when he was young that he was excited and cleaning machines for the first customer. As if his painful body got better, he got excited. Before long, he roasted the sesames which were in her bag and put it in the oil press machine.

The sesames went into the machine started singing. It must be painful to be oil by pressure, but they didn't show a sign at all. They were waiting happily to be the sesame oil like young children waiting with joy and going down singing excitedly.
"We were born for a special work."
"You will be blessed."

"This machine and this shop will be blessed too."

"You are a warm-hearted man."

"The one who certainly remembers will bless you." The sesames were singing and became sesame oil delightfully. The owner who got a bottle containing this sesame oil somehow wanted to separate the sesame oil and put it on one side of a shelf. So he placed it on one side of shelf so that it is distinct from other oils. Maybe it looked especially fresh, or if he wanted to keep it for himself, he put it on one side to distinguish it from other oils.

He pressed oils and put it in bottles busily. The shelf was filled with oil bottles after some time. When the shelf was almost full of oil bottles, a group of people came in. They looked like tourists who were passing by. They said they wanted to buy oils directly made in the country, and each person bought several bottles. They intended to give fresh oils for their family. Sometime after the tourists left, regular customers descended on the shop so, the shelf was empty again. However, He didn't sell her sesame oil, which he put on the one side of the shelf. Suddenly, phone calls from all over the places flooded. It was from acquaintances or retail merchants who he has been known asked for the sesame oils. The owner was very happy. Now he got excited like a man without pain. Sometimes he was humming while he was working. Sun went down and it got dark. He worked hard after a long time and went home to sleep with joyful heart.

"Excuse me."

"Yes, who is it?" The owner stopped working and looked back.

"Oh, hello." the owner of the oil shop said hello gladly.

"How's your condition these days?" An old grandmother answered to the owner.

"It's always the same." She smiled bashfully.

"So, what do you want to buy today?" the owner asked. The old grandmother is a lady who sells oils and foodstuffs on a side of a street for living.

"Give me some sesame oils please." she answered. The owner handed her the sesame oils that he had not sold to anyone until now, and some other oils he had put separately.

"Have a good sale and stay healthy." said the owner.

"Yes, have a good sale and stay healthy too. I'll come again." said the grandmother.

Looking at the back of the grandmother walking away, the owner was lost in thought for a while. He was looking at her and thinking about his late mother. He was trying to show her a little sincerity reflecting on himself that he didn't tend his late mother with filial piety. So, he put the sesame oils for her on one side. The grandmother wouldn't know the fact that the owner calculates how often she comes and he prepares the sesame oils as much as she needs beforehand. However, the owner didn't care. It's better if she doesn't know. It seems rather embarrassing that his little kindness and the way he remembers his mother were known.

The grandmother's life was hard and tough. She is not without a house. She is not without children either. Rather, her children grew well and were living in good lives. However, the grandmother had no money. It was not possible to live without selling foodstuff on the street. Her sons went away to their wives. Also, her daughters went away to their husbands. It was better to say this way rather than saying 'They've got married'. The grandmother always repeated like this. Whenever her sons wanted to come to see her, her daughter-in-law was frightened and pissed up a storm. Her son-in-law did the same. Whenever her daughters wanted to come to the grandmother's house, they made a fuss and fought in front of the grandmother. So, the grandmother gave up and does the stallholder in this way. It was too hot in the summer and cold in the winter, but she accepted that she led a wrongful life. She thought going out to work on the street and asking people and cars passing by "Please buy these." is her penance and study of her life. Whenever she is sick, she thought it is a part of her study. She thought that her sins will be gone as much as she is sick. No one knows where the idea came from. However, when she thought so, she could endure her life. At the beginning of the stallholder, she winded a muffler on her face to cover in fear of her sons and daughters might recognize her. Many years passed just like that, she felt at ease. She realized that her sons and daughters never pass the squalid street where she works. 'It was rather good' she thought.

As time passed, the grandmother had a deep wrinkle on her forehead, and the sunburned face was just as black as the laborers. She thought and laughed that her sons and daughters could not recognize her face even if they pass by. It seemed they couldn't know unless they came really close to see her because most grandmothers on the street look same. The grandmother repeated every time she had hard time. 'In my next life, I would work really hard from my youth so I shouldn't live like this.' When she repeated like this, somehow she felt cheered up from inside.

The grandmother placed the sesame oil that she bought from the owner of the oil shop on one side of the shelf. She intended to bring these oils and foods to sell tomorrow. The sesame oil that kept silence started singing. When they were sesame seeds, they were each, but it seemed being the one after becoming the sesame oil. So, they are both each, and the one.

"Cheer up."
"Cheer up."
"A great thing will happen to you."
"We were born for a special calling."
"We were born to give a great joy to people."
"Cheer up."
"The great thing will happen to you too."
"Darkness will be lifted and a bright day will come."
"Cheer up, cheer up." The sesame oil sang.

The grandmother felt tired and soon fell into a deep sleep. Her body didn't feel pain after a long time, and she slept.

The next day, as usual, the grandmother laid the stall on the street. She didn't have many customers today. Whether it is now that the fall had begun, or the cold wind had been blowing so hard that day, she couldn't sell anything even if she waited all the morning. As a common word, she couldn't make the first sale of the day. It is that she couldn't sell the first thing that day.

After a few boredom passed. A white car approached her from somewhere and a woman got off.
"Grandmother, how much is this?" She pointed to the sesame oil that the oil shop's owner gave.
"Yes, it is 15,000 won." said the grandmother. The woman from the white car handed 20,000 won and said.
"Grandmother, please keep the change. Thank you for providing the good oil." The woman didn't forget to say thanks. The grandmother thought. 'She is a very beautiful woman. She is a good-hearted woman.' The grandmother compared her with her own daughters. No matter how much she thought, her daughters wouldn't speak or behave like the woman.
"Yes, thank you." said the grandmother. The grandmother, who received 20,000 won, grabbed

the money with both hands, and respectfully lifted it into the sky. The money on her hands was lifted up to the grandmother's forehead. Perhaps that's the grandmother's ritual. It would be the ritual to thank God for the money she received from her first sale.

The woman from the white car slowly drove the car, until she passed more than 20 meters to be far enough from the grandmother, and then stepped on the accelerator pedal. Perhaps she was worried that the grandmother on the street would breathe the exhaust gas from her car. 'She is really good-hearted.'

A few days have passed. The grandmother wasn't feeling well so she was thinking not to go to work. It has been like a belief so far, but today she felt like she couldn't possibly go out because she was so sick. She steeled herself and decided not to go to work. It was then. She got a call from her daughter. Her daughter was dropping in on her while she was passing. The grandmother didn't know what was happening. She was worried inwardly about why Mr. Kim, her son-in-law, who always fights when they visit her is coming today. After a while, she got a call from her son too. He said he's on the way to her and he did grocery shopping so, she got nothing to prepare. 'Haw, it is really strange.' 'I cannot even prepare today even if you ask because my body is ill.' She was thinking inward. She was worried sick about the two families already coming. However, the grandmother couldn't do anything. She was sick and couldn't do anything.

Before long, Mr.Kim arrived first. After the greeting, Mr.Kim got one, two of things he had prepared out of his car.

"Well, it's not a holiday, why did you bring so many foods?" said the grandmother. Mr. Kim said.

"No. I just passed by and I bought them for you." After he finished talking, for some reason, he was walking up and down and preparing to have a barbecue by himself.

Her son and daughter-in-law came in. This was more ridiculous. Her daughter-in-law foaming at the mouth all the time was dressed up and came.

"Mother!" Grandma thought 'Now, you are glad to see me.' 'You should have been kind.' but she didn't dislike it.

"Come on in. Sit here and take some rest."

"No, Mother, I got some raw fishes for you. I'll go and prepare." said the daughter-in-law. The grandmother thought. This is not just strange but it's something would never happen to her.

Everyone was enjoying foods they prepared for a long time. The party was held with the barbecue and raw fishes. She thought this in her mind. 'It would be nice if it's always like this.' And suddenly, she thought that the first daughter and the third son are together, but second and fourth children came to her mind. However, she didn't say anything.

The dusk fell and it was 7pm. The youngest child's and his wife came. This time he bought a lot of beef. While they were eating the beef the youngest child bought, this time, the second child and her husband came in.

The grandmother said.

"Well, look, did you guys plan this?"

"No. we just had a little time and thought about mother so we brought foods for you." They brought a bunch of huge king prawns.

"Ok, come on in, thank you." said the grandmother.

The whole family gathered after a long time. It was not a holiday, but the whole family was gathered in one place. This time, they didn't even argue and cooked the ingredients that they brought by themselves to serve her. This was definitely prepared. It was quite different from the behaviors that they have ever had. The grandmother was happy. The whole family chatted happily without arguing. They didn't even know what time it was and had a chat all night long.

When they were going back, they secretly came and gave her pocket money in envelopes. The grandmother didn't care about the money. She was so grateful to see them and say good bye in this happy way.

....

The sesame oil in the refrigerator was holding their breath and waiting. Now they were very wondering what will happen to them. The one who always watches was giving miracles and love everywhere the sesame oil have been. It was a very grateful journey. But the sesame oil felt something. It still seemed that they couldn't find the answer. If they were just used as food, it wouldn't be clear what the plan of their special life is. So, the sesame oil was holding their breath and waiting. The journey so far has been very grateful, but they didn't seem to have found the answer from inside.

The white woman opened the refrigerator door and looked for the sesame oil. This woman was on her way to see her mother. This woman is good-hearted as expected. She wanted her mother to be healthy not only the body but also her heart and mind. She was really devoted to her mother. This time, as opposed to the past, it seemed that her mother couldn't understand the deep heart of her daughter.

Every house has difficulties. This one was no exception. For some reason, her children were not taking good care of their mother. Only the white woman was devoted. On her way back from work, this woman dropped by her mother and gave her the sesame oil.

The mother received the sesame oil and put it in the refrigerator. The sesame oil, which had been holding their breath for a few days, started singing.

"We were made specially."

"The one who has the infinite mercy has given us a special calling."

"We must fulfill that calling."

"We have come a long way until we came to you."

"We are special creatures."

"The one who is always being with us has a special plan for you." The sesame oil kept singing. They knew that they wouldn't stop easily. They wanted to know the answer that they couldn't find in the journey from the valley to this place as soon as possible.

The mother, who had been going for a walk, suddenly thought about the sesame oil she put in the refrigerator. She mixed vegetables and made a bibimbap. At this time, the sesame oil could finally know. They knew exactly what their calling was. It was to be used today.

The energy poured from the sky, which cannot be told and has full of vitality was sucked into the mixed rice. Some delightful energy which could understand profound love was filled into the sesame oil as much as the energy that has been sent up from their bodies. A very unique aura for the special calling has pervaded the mother's rice. The mother had a bite of well-mixed rice and said, "It is delicious."

The mother ate all the mixed rice and she felt that her body was feeling better as if she has never been sick and the darkness inside her has disappeared. The dissonance inside her mind disappeared and she felt refreshed as if she was in the forest.

It was Chuseok. Her children gathered. The mother wanted to give her children the delicious sesame oil she had tasted. She prepared the bibimbap and fed it to her children. Everyone really enjoyed the bibimbap. And after the Chuseok holidays, the children went to their mother's house and tried the bibimbap a few more times. In the meantime, the children and the mother have been living happily in a very good relationship. The sesame oil watching this scene began singing.

"Now we know the great one's plan."
"Now we could know your love, who love human infinitely."
"Thank you for using us as the vehicle for your love."
"The mother will be enlightened."
"The great love dwelling in her mind will be enlightened."
"The clear energy of the high sky has come here with us."
"Now you will be enlightened."
"We know the one who always with us wants to be with you."

"Now we realized what our special journey is."

"It's nothing more, but one step closer to your wide and endless love."

"It's just to enjoy the joy of understanding and practicing your love more deeply."

"We are singing to our friends."

"About the meaning of our beautiful journey."

"Now we feel our friends will all be enlightened."

"The golden age is wide open before our very eyes."

The sesame oil was so touched and continued singing. This song was passed over time and space to all the plants. And, all the plants were touched and began to dream of new life.

— End —

번역가 소감문

'노래하는 참깨들'에 대해

참깨라는 작은 소재로 시작되어 수많은 시간과 세대를 넘나드는 이야기이다. 쉬운 내용 같지만 남녀노소 모두가 공감할 수 있는 부분들이 담겨 있어 지루함 없이 여러 번 읽게 되었다. 수 번 이 책을 읽은 이로서의 느낀 점은, 읽을 때마다 이 이야기에서 작가가 전하고자 하는 의미가 더욱 선명하게 느껴진다는 것이다.

가깝고도 멀게 느껴지는 요즘 시대의 가족 관계와 삶의 진정한 가치를 되돌아볼 수 있게 해 주는 이야기이다.

— 진호/김희영

About this book

It is started with the small material, sesames, but this story goes through numerous time and generation. It looks an easy story but it contains stories that people of all ages can empathize with, so I enjoyed reading this book several times. As I read this book more times, I could feel the meaning of what the writer tries to get across stronger.

This story makes us to reconsider about value of our life and our near and distant family relations.

— Translating: Jinho/Kim Hee Young

표지 그린 이 소감문

'노래하는 참깨들'을 그리며

 무당벌레를 키운 적이 있습니다. 집에서 가꾸던 무궁화나무에 진드기가 많이 생겼기 때문입니다. 진드기가 많이 번식하면 식물이 죽을 수도 있었기에. 그러나 아끼던 나무에 약을 치기는 싫어서 친환경적인 방법을 알아보았습니다. 무당벌레가 진드기를 잡아먹는다는 정보에 산에서 몇 마리 데려와서 키워 봤더니 효과는 실로 대단했습니다.

 식물과 곤충을 유심히 관찰하기 시작한 것은 이때부터였습니다. 처음에는 그저 '오늘은 진드기가 얼마나 없어졌나?' 하는 생각에 이따금씩 살펴보았다가, 재미가 붙고 정도 붙으면서 오랜 시간을 보고 있게 되었습니다. 같은 무당벌레라도 색과 무늬가 다르고 성격도 다르며, 같은 무궁화라도 크기가 다르고 힘이 다르다는 것을 알게 되었습니다. 나아가서는 그들이 마치 말을 걸어 오는 것처럼 선명하게 뜻이 전달되기도 하였습니다.

이러한 경험이 있었던 저에게 '노래하는 참깨들'은 더욱 특별한 감동을 주었습니다. 그간 저와 식물들, 그리고 곤충들 사이에 있었던 교감이 막연한 느낌이 아닌 명확한 사실로 인정받았기 때문입니다. 그 덕분에 표지를 그리는 작업이 더 즐거웠는지도 모릅니다.

존재하는 모든 생명들에게 은은한 행복이 가득한 그림을 그리고 싶었습니다. 못난이 밭처럼 용기 있게, 참깨들처럼 즐겁게 만든 저의 작은 그림이 글을 읽는 분들의 상상에 조금이나마 도움이 되기를 바랍니다. 따뜻하게 바라봐 주시면 감사하겠습니다. 그리고 저를 믿고 기회를 주신 청림 작가님께도 큰 감사를 드립니다.

— 진백/이인지

추천의 글

모든 삶의 존재의 이유를 깨우쳐 주는 단 하나의 책.

— 진은/김규나

모든 자연과 인간들은 연결되어서, 서로 조화를 이루며 살아감에 감사함을 느낍니다.

《노래하는 참깨들》이야기처럼 우리가 먹고 누리는 모든 음식들과 물건들은 그냥 오는 것이 아니라 많은 존재들과 사람들의 수고와 노력, 보살핌, 정성 그리고 사랑이 담겨 있기 때문입니다. 우리 모두 이에 대한 감사함을 조금 더 느끼며 살아간다면, 이 세상은 서로를 위하고 소중하게 생각하여 더욱 아름다워지지 않을까요?

— 진성/이준우

이 책을 읽는 순간 나의 마음에 나비가 앉았다.
이 책을 읽는 순간 그대 마음에 나비가 앉을 것이다.

— 진홍/김지현

《노래하는 참깨들》을 읽어 내려갈수록 매 순간 사랑과 배려가 고스란히 묻어 있음을 느끼면서 눈물이 왈칵 쏟아져 내렸습니다. 조금은 다른 의미에서의 두 가지 눈물이었습니다. 따뜻하고 포근한 사랑에서 오는 잔잔한 감동의 눈물과, 깊은 내면에서 나를 되돌아보며 자아성찰을 일으키는 반성의 눈물이었습니다.

이 따뜻함으로 가득 찬 《노래하는 참깨들》이 모든 이에게 전해져 저처럼 꽁꽁 얼어붙었던 마음이 봄을 맞이하듯 사르륵 녹아내렸으면 하는 바람입니다. 글을 읽어 내려갈수록 마음이 편안해짐을 느끼실 수 있을 것입니다. 마지막으로 내면에 있는 진정한 참나를 찾아나갈 수 있는 여정이 시작되었다는 것을 알 수 있게 되는 날이 올 것입니다.

— 진원/조진혜